書下ろし

# 夜《よ》烏《がらす》殺し

## 風烈廻り与力・青柳剣一郎⑥

小杉健治

祥伝社文庫

# 目次

# 第一章　夜烏《よがらす》の十兵衛《じゅうべえ》

一

数寄屋橋《すきやばし》御門にさしかかると、眩《まばゆ》い陽射しが青柳剣之助《あおやぎけんのすけ》を直撃した。目を細めながら、橋を渡って御門を入り、剣之助は南町奉行所に到着した。

剣之助が与力見習いになって半年近く過ぎた。

見習いの剣之助の目には、黒い渋塗りと白漆喰《しろしっくい》の海鼠壁《なまこ》に番所櫓《やぐら》のついた長屋門が峻厳な美しさで威圧するように映る。

一瞬、立ち止まり、大きく深呼吸をしてから正門横の小門に向かいかけたとき、定町廻り同心の植村京之進《うえむらきようのしん》といっしょになった。

京之進は黒羽織に格子の着物の着流しで、御用箱を担いだ中間《ちゅうげん》を連れていた。

「おはようございます」

剣之助は京之進に挨拶《あいさつ》をする。

「剣之助どの。少しはお馴《な》れになりましたか」

「はい。少しずつですが」

そこに京之進の先輩同心の川村有太郎《かわむらゆうたろう》が中間と共に出仕してきた。

「確か、青柳さまの」

と、川村有太郎は剣之助の顔を見た。

「さよう、青痣《あおあざ》与力の一子、剣之助どのでございます」

京之進が得意気に紹介したのは、自分が剣之助の父剣一郎《けんいちろう》と親しいことを先輩に示唆するためだろうか。

「そうでござったか。見習いに出ていると聞いていたが」

川村有太郎は改めて、剣之助に顔を向け、

「我々同心はお父上にはひとかたならぬお世話になっております」

奉行所の同心は各掛かりの与力の下にそれぞれついて働くのだが、定町廻り、臨時廻り、隠密廻りの三廻り同心は与力の配下になく、お奉行直属である。したがって、剣一郎と同心たちとは役目上でかかわることはない。

だが、剣一郎はその才を特に買われ、お奉行から事件探索の特別任務を命じられるようになっていた。

川村有太郎は目を細め、

「今でも覚えているのは五年前の夜烏《よがらす》の十兵衛《じゅうべえ》一味のことでござる」

と、思い出すように言う。

「夜鳥の十兵衛？」

剣之助も昔、父からその名を聞いたような気がしたのだ。

「当時、江戸中を荒らしまわっていた残虐な盗賊一味でございます。押し入った先の人間をことごとく殺して金を奪う。証拠一つも残さずに、まったく手がかりが摑《つか》めなかった。その盗賊を壊滅させたのが青痣与力でした。頭《かしら》の夜鳥の十兵衛は取り逃がしはしましたが、主だったものたちを捕まえることが出来、それ以降、夜鳥の押込みが途絶えたのです」

川村有太郎は剣一郎を讃《たた》えた。

潜《くぐ》り門を入ってから、川村有太郎は、

「お父上のような立派な与力になられますよう」

と、言い残し、京之進と共に同心詰所に向かった。

ふたりを見送ってから、剣之助が与力番所に向かいかけたとき、坂本時次郎《さかもとときじろう》が剣之助の脇を追い越して行った。

「時次郎」

剣之助は呼んだのに、振り返りもせずに行ってしまった時次郎に戸惑いを覚えた。

坂本時次郎は剣之助より一年早く見習いに上がった男で、なぜか最初の日から気が合って一番親しくなった。時次郎はまだ十七歳だったが、かなり悪所に出入りをしていて、剣之助が深川《ふかがわ》の場末にある女のところに遊びに行くようになったのも時次郎に誘われてからだ。

父親は養生所見廻り与力で、腰の低いおとなしいひとだ。

昼四つ(午前十時)に、各掛かりの与力が出仕してきて、剣之助たちは茶をいれる。その作業が一段落したあと、最古参の年番方与力宇野清左衛門《うのせいざえもん》が通りがかりに、ふと剣之助を目に留めて当番方の詰所に入って来た。

「剣之助。あとで私のところに来るように」

「はい」

ときたま、宇野清左衛門から用を命じられる。

奉行所の重鎮《じゅうちん》である。年番方というのは町奉行所全般の取締り、金銭の保管などを行ない、与力の最古参で有能な者が務めた。与力の最高出世が年番方である。奉行所のことに通暁《つうぎょう》しているので、奉行も一目置いている存在であった。

剣之助の元服の儀で烏帽子《えぼし》親を務めたのが、その宇野清左衛門であった。

宇野清左衛門が去ったあと、こめかみに痛いほどの視線を感じて顔を向けると、坂本時次郎が冷たい目を向けていた。

剣之助と視線が合うと、さっと目を逸《そ》らし、近づいて行こうとすると、さも用ありげに立ち上がってしまった。

（時次郎、どうしたんだ？）

剣之助は内心で呟《つぶや》いていた。

それからしばらくして、与力の見習いを終え、お抱えとなったばかりの新任与力木内清《きうちせい》十朗《じゅうろう》が青い顔をして当番方の部屋を走り回っていた。

「ここに置いた訴状がないんです。どこだかわかりませんか」

清十朗が近くにいた朋輩《ほうばい》の吉野滝次郎《よしのたきじろう》にきく。清十朗より三つ年上の与力で、去年本勤務になった。

「何がだ」

「きのうの直訴の控えです」

町人たちの訴えは当番所で受け付ける。

昨夜直訴があった。当番与力がその内容を書き取り、取り上げるべきか判断するのである。昨夜の当直は木内清十朗であった。その書類がないらしい。

「知らないな」

「確かに、ここに置いたのです」

「おいおい、それでは滝次郎が隠したと言わんばかりではないか」

横にいた工藤兵助《くどうひょうすけ》が意地悪そうに言う。工藤は清十朗より少し早く与力になった男だ。

当番方は新参の与力が務める部署であり、またどの掛かりにも入っていない与力はここに配属され、交代で宿直《とのい》する。

「いえ、そういうわけではありません」

清十朗が必死に言い募《つの》る。

「じゃあ、どういうわけだ」

「ただ、ここに置いたのは間違いないものですから」

「やっぱり、滝次郎を疑っているのだ」

「そんな」

清十朗はますます蒼白な顔になった。

雑用をしていた剣之助は、さっきその文机《ふづくえ》の上にあった書類を工藤兵助と滝次郎が部屋の隅に隠したのを見ていた。

よほど口にしようかと思ったが、声が出なかった。

「そうか、俺を疑ったのか」

滝次郎が陰険な目を向けた。

周囲の者は好奇に満ちた目を向けている。

清十朗はますます身をすくめた。

「謝れ」

「申し訳ありません」

清十朗は立ったまま頭を下げた。

「それで謝ったつもりなのか」

「いえ。でも、早く、書類を届けませんと」

「なんだと。急いでいるから俺たちには謝る必要はないというのか」

「決して、そのような」

清十朗はしどろもどろになっている。

周囲から失笑がもれた。

剣之助はいたたまれなかった。

我慢ならず声をあげようとしたとき、

「誰だ、これをこんなところに置いたのは」

古参の与力がいきなり声を荒げて部屋に入って来た。

手に書類を持っていた。

「あっ、それは」

清十朗は飛び上がらんばかりに驚いた。

「木内か。大事なものを粗末にするとは何事だ」

古参与力の叱責《しっせき》が部屋中に轟《とどろ》いた。

「私は机の上に置いていたのですが」

清十朗が訴える。

「言い訳など聞きたくない」

「申し訳ありません」

清十朗はすくみあがった。

また周囲から失笑がもれた。

剣之助は自己嫌悪に襲われた。なぜ、ほんとうのことを言えなかったのか。

「木内、おぬしはもう少し何事にも身を入れて励むように」

「は、はい」

ふと、その与力は剣之助の顔を見て、

「おう、青柳か。どうだな、少しは馴れたか」

いきなり自分に声をかけられ、剣之助はあわてて、

「はい、いろいろ教えていただいております」

剣之助は呼ばれればどの掛かりの雑用も手伝うが、用のないときは当番方与力の溜まり場で過ごす。

「お父上のように早く立派にな。期待していますぞ」

「ありがとうございます」

剣之助は深々と頭を下げる。

「うらやましいな。見習いのくせして、あのような言葉をかけてもらえるんだからな」

古参の与力が去ったあと、若い与力があてつけのように言う。

「父親が偉いと助かるな」

「いえ、そういうわけでは」

剣之助の父青柳剣一郎は風烈廻りと例繰方《れいくりかた》のふたつの掛かりを兼務しているが、難事件発生のたびにお奉行じきじきのお声がかりで事件の探索に加わって、そのつど解決に導いてきた。

能力的には吟味方に配属されても少しもおかしくなく、いずれ与力としての最高職である年番方になるのは間違いないと噂《うわさ》されている。

頬に若い頃に受けた傷が青痣となって残り、そこから青痣与力と呼ばれている。そういう男を父に持つ剣之助は最初から一目も二目も置かれていた。だが、比較的若い与力の中には、剣之助が特別待遇を受けているように思っている者がいた。

「おい、そのうち、俺たちにお茶をいれているところを見られたら、俺たちが叱《しか》られるかもしれんぞ」

揶揄《やゆ》するような声が聞こえた。

「とんでもありません。見習いだから、皆さん、やさしくしてくださっているのです」

剣之助が答えると、

「おい、坂本。そうなのか」

と、誰かが坂本時次郎にきいた。

「は、はい」

いきなり声をかけられ、坂本時次郎はあわてていた。

「青柳は特別に目をかけられているんだろうってきいているんだ」

「はい。そのとおりです」

剣之助は驚いて時次郎を見た。

「坂本など、いつも割を食っているのではないか」

「そのとおりです。同じことをしても褒《ほ》められるのは青柳だけです。父親の威光をかざして威張《いば》っているのです」

剣之助は耳を疑って、時次郎の顔を見た。

「だから、同じ見習いのくせして、青柳は坂本ら同じ見習いの者を見下した目で見ていたのか」

「私はそんなことは思っていません」

剣之助は声を震わせて訴えた。

「坂本。どうだ」

「青柳はいい気になっています」

「時次郎、何を言うんだ」

時次郎の意外な言葉に、剣之助は血の気が引いた。

木内清十朗はいつの間にか、その部屋から去っていた。


その夜、帰宅した剣之助は夕餉《ゆうげ》のときに、しいて笑顔を浮かべて明るく振舞った。

「兄上は何かよいことでもおありでしたか」

と、妹のるいがおかしそうにきいた。

「いや、特に何があったというわけではない」

剣之助が闊達《かったつ》に答える。

「じゃあ、お奉行所は楽しいのですね」

るいに顔を向け、

「そうだ、毎日が楽しいよ」

と、父と母に聞かせるように言う。

母親の多恵《たえ》が顔を向けた。剣之助は無意識のうちに一瞬だけ目をそらした。

「剣之助。木内清十朗はどうしている」

母が何か言おうとするよりも前に、父がきいた。

「どうしていると、申されると」

胸が早鐘《はやがね》のように鳴ったのを、何事もないように、剣之助は静かにきき返した。

「皆と仲良くやっているようか」

剣之助は父の目を見返し、

「そうだと思いますが、何か気になることでも」

と、探るようにきいた。

「いや、問題がなければいいのだ。とかく、人間というものはひがみや偏見などにとらわれることがある。まして、ひとの集まるところにはどうしても悪い習慣が生まれてしまいがちだ」

「悪い習慣とはなんでしょうか」

剣之助が真顔になった。

もう食事を終えたあとなので、父は話し相手になってくれた。

「ふむ。おまえが気づいたかどうかわからないが、新任の者は仕事を覚えるまで何かと苦労が多い」

「はあ。そのことと木内さまとは何か関係でもおありでしょうか」

「そうだな」

父は湯飲みに手を伸ばした。

ゆっくり茶を口に含んだ。言うか言うまいか、迷っているようだった。

「父上、お話しください」

湯飲みを戻してから、父はおもむろに口を開いた。

「工藤兵助が新しくお役についたときはたいへんだった」

「なにが、たいへんだったのでございますか」

剣之助は覚えず身を乗り出していた。

「お役についてから、上役に相当な贈り物を持って挨拶にまわった。それから、同僚や上役を料亭に招いてご馳走し、その帰りにはひとりずつに手土産をもたせた。それだけじゃ、だめだ。日ごろも何かとご機嫌をとらなければならない。工藤兵助もたいへんな気苦労であったはずだ」

「そうだったのですか」

昼間の工藤兵助の態度を思い出した。

工藤兵助も新任当時は木内清十朗のようにいじめられたのだろうか。

「父上、木内さまもそこまでしたのでしょうか」

「いや。木内はそこまでしていない」

「していない……」

「清十朗の父親はそのような悪習はやめるべきだというお考えのひとだった。だから、清十朗が新任のときも地味な挨拶であった」

それが、木内清十朗がいじめられている原因なのだろうか。

そういうことをしないと、上役や朋輩たちから仕事を教えてもらえないのだろう。

父は居住まいを正して、

「剣之助」

と、呼びかけた。

「はい」

「とかく人間の心というものは得体の知れぬものだ。ちょっとしたことで、気持ちが大きく変わってしまう。人間関係というのはとかく難しいものだ。よいか。決して、ひとを差別するような真似《まね》だけはしてはならぬぞ」

父の言葉が胸に迫った。父は自分の苦しみに気づいているのかもしれないと思った。そんな父が偉大に思えた。

二

非番の日の午後、剣一郎は八丁堀《はっちょうぼり》組屋敷の堀から舟に乗り込んだ。風呂敷に包んだ一升徳利を脇に抱えている。

舟は富島町《とみじま》一丁目、霊岸島《れいがん》をくぐって箱崎町《はこざき》、永久橋《えいきゅう》を通り、田安家《たやす》の下屋敷の脇から両国橋《りょうごく》に出た。

大川に出て舟の速度も上がる。少し波が高く、舟は揺れるが、川風は気持ちよかった。柳橋《やなぎばし》の料理茶屋の大屋根を過ぎ、波に浮かんでいるような浅草《あさくさ》御米蔵から、やがて駒形堂《こまがたどう》、浅草寺《せんそう》の五重の塔と目に入るものが徐々に変わっていく。

吾妻橋《あずま》をくぐってから舟は向島《むこうじま》側に寄って行く。水戸《みと》さまの下屋敷を過ぎて、やがて三囲《みめぐり》神社と牛《うし》の御前社《ごぜん》の鳥居が見えてくる。

舟は岸に近づいて行き、やがて三囲神社の鳥居の前にある船着場に到着した。

剣一郎は、土手に上がって歩き始めた。草木の匂いが気持ちよい。つい先頃まで桜が雲霞《うんか》のように咲き乱れていた土手だが、今は葉桜で緑が濃い。

剣一郎は剣の師である真下治五郎《ましたじごろう》を訪ねて行くところだった。真下治五郎は江戸柳生《やぎゅう》の新陰流《しんかげ》の達人で、神田佐久間町《かんださくま》の道場を息子に譲り、向島に隠居したのだ。

江戸柳生は一刀流と共に将軍家御指南役を務めていたのだが、今では衰退し、柳生新陰流は尾張《おわり》柳生がその流れを継いでいるだけである。

真下治五郎は江戸柳生の技を伝えている数少ない剣客のひとりだった。剣一郎はその真下道場で皆伝をとった腕前である。

長命寺《ちょうめい》の前に差しかかる。山門の左右にある茶屋で名物の桜餅を売っている。

ふと、道端に面した茶店が剣一郎の視界に飛び込んだ。別に茶店そのものではない。そこにいる人物が気になったのだ。

赤い毛氈《もうせん》敷きの腰掛に座って煙管《キセル》を手にして通りを眺めている五十年配の男がいた。宗匠頭巾《そうしようずきん》をかぶっている。煙管を口にくわえ、静かに煙を吐き出す。そのゆったりとした仕種《しぐさ》には一分の隙もない。大身の武士のような風格があるが、無腰であり、武士ではないようだ。商家の主人とも思えない。趣味人だろうか。座っているだけで、周囲の空気を一変させるような存在感がある。

その男が剣一郎に目を向けた。その目が瞬間光ったような気がした。空気の波動が伝わって来る。そんな気がした。

すぐに男は口元に緩やかな笑みを意味ありげに浮かべ、何事もなかったかのように顔を戻した。

ただ者ではないと思った。武芸者であれば、相当な達人であろう。

剣一郎は少し行き過ぎてから振り返った。男がこっちを見ていた。一瞬、火花が散ったような気がした。

男はやおら立ち上がった。すると、どこからともなく供のような男が現れた。

供の男が銭を払うのを、道端に出て待っている。

体も大きい。その男がいるだけで、辺りの風景の趣《おもむ》きが一変してしまう。よほど名のあるひとかもしれないと、興味を覚えた。

何者だろうか、気になりながら男を眺めていた。

男は、剣一郎が今やって来た道をしっかりした足取りで歩いて行った。

剣一郎は茶店まで引き返した。

「亭主。ちと訊《たず》ねるが」

剣一郎が声をかけると、鬢《びん》に白いものの目立つ亭主が、あわてて腰を屈《かが》め、

「これは、青柳さまでございますね」

頬の痣で、青痣与力だと気づいたのだろう。が、剣一郎の名はここまで轟《とどろ》いているということでもあった。

「今、ここで休んでいた者がいたが、誰だか知っているか」

「いえ。初めてみる顔でございました。なんでも、五年振りに江戸に戻って来たと話しておいでででした。江戸に帰ったら、ここの桜餅を食べるのが楽しみだったと仰《おつしや》っていただきました」

亭主はひとのよさそうな顔を綻《ほころ》ばせて言う。

「五年振りの江戸か」

「お伴の方は師匠と呼んでおりました」

「師匠？　俳人だろうか」

「そうかもしれません。新梅屋敷《しんうめやしき》に行って来た帰りだと申しておりましたから」

もし俳人だとしたら、相当な名のある人物かもしれないと思ったが、全然違う雰囲気を感じた。

ついでだからと土産に桜餅を包んでもらい、剣一郎は茶店を出た。

緑を目に入れながら土手を歩いたが、剣一郎は男のことが気になってならなかった。茶店の亭主は俳諧《はいかい》の師匠のようだと言っていたが、あの男はそんなものではない。

幾つもの修羅場を切り抜けてきた凄味のようなものが剣一郎の勘に触れたのだ。

少し行ったところで、剣一郎はうしろからついて来る男に気づいた。わざと道を曲がらず、そのまま土手をまっすぐ進んだ。

そこからいくらも歩かないうちに白鬚《しらひげ》神社の前に出た。剣一郎は鳥居をくぐった。

本殿に向かう途中、素早く樹の陰に身を隠した。

男がやって来るのを待った。が、いっこうに姿を見せない。不思議に思いながら、剣一郎は再び鳥居を出た。

だが、もう男はつけてこない。最初から尾行する者などなかったかのようなのどかな土手の風景が広がっている。だが、尾行者はいた。感づかれたと察し、急遽《きゅうきょ》、尾行を止めたのだろう。

その男もただ者ではないと思いながら、道を少し戻った。何人ものひとが行き交う土手に怪しい人影はなかった。

　土手道を下り、ひとの姿はまばらになった。前方の高い樹で鳥が啼《な》いている。真下治五郎の家は鬱蒼《うっそう》とした中に静かにたたずんでいた。

　枝折《しお》り戸を潜り、玄関で声をかけると、すぐに真下治五郎の若い女房のおいくが出て来た。

　治五郎より二十近くも歳下である。美しく、気立てがいい。老境に入った治五郎に、なぜこんなに若い女が嫁《か》してきたのか。いつも不思議に思う。

「青柳さま。いらっしゃいませ」

　おいくがにこやかに言う。

　その声が聞こえたのか、奥から白髪の真下治五郎が飛んで来た。普段は鍬《くわ》を持って畑仕事をしているので、顔や腕は赤銅《しゃくどう》色に陽焼けし、ますます百姓の隠居のような風貌になってきた。

「よう参られた。さあ、上がりなさい」

　真下治五郎は弾んだ声で急《せ》かした。

「青柳さま。さあ、どうぞ」

　おいくは地味な身形《みなり》なのに、体中から色香があふれてきそうだった。鼻筋が通り、小さく引き締まった口許が愛らしい。

剣一郎はおいくに見つめられると、どういうわけか落ち着きをなくしてしまうのだ。

「これを先生に。いつも同じものですが。あっ、これはおいくどのに」

途中で買い求めた桜餅を手渡す。

「まあ、うれしい」

おいくは手を胸もとで合わせうれしそうに言う。そんな仕種が可憐で、たまらなく可愛い。

剣一郎は徳利を上がり框《かまち》に置いてから、治五郎について奥の部屋に行く。

庭に面したいつもの座敷に招じられた。

剣一郎はすぐに席につかず、縁側に出た。そこから遠く富士が見えるのだ。

「きょうもきれいに見えますね」

剣一郎は田園風景のかなたに浮かぶ富士の景色にしばし見とれた。

「さあ、青柳どの。いや、剣一郎、こっちへ」

師は剣一郎を呼んだ。

腰を落ち着かせて、改めて師に挨拶をし終えたあと、おいくが酒膳を運んで来た。

剣一郎は軽く会釈をする。

「剣之助は元気で見習いに出ているのか」

おいくの酌を受けながら、師がきいた。

「はい、元気でやっております」

そう答えたものの、剣一郎の胸は翳《かげ》った。

剣之助は最近元気がないようだ。親の前では明るく振る舞っているが、空《から》元気に違いない。

前髪をとった剣之助は凜々《りり》しい若者になった。そして、その姿は剣一郎の亡兄の面影を髣髴《ほうふつ》させた。

剣之助が見習いに出るにあたり、心配していたことがあった。それは、剣一郎の息子ということで周囲から特別扱いされること、あるいは過剰の期待を寄せられることであった。その重圧を跳《は》ね返してこそ一人前になっていくのだが、周囲の期待は剣一郎が考えている以上に大きいようだった。

この重圧に押しつぶされないか。それより、心配なのは、朋輩たちのやっかみである。与力の中でも重職にある者たちが剣之助に何かと気をつかって声をかけてくれている。それは十分にありがたいことなのだが、そのことがかえって朋輩たちとの溝を作ってしまうのではないか。

今、剣之助はそのことで悩んでいるのではないか。

妻多恵は、男ですから自分で乗り越えなければだめですと言うが、剣一郎にはどうも落ち着かなかった。

「そうか。元気でやっているならなによりだ。まあ、青痣与力と常に比較されていくのは辛《つら》いだろうが、剣之助なら乗り越えて行くだろう」

そう言って師は猪口《ちょこ》を口に運んだ。

今、そのことに直面しているようですと言おうとしたが、剣一郎は声を呑んだ。

「まあ、何かと人間関係とは煩《わずら》わしいものだ」

師が屈託を見せたので、剣一郎は気になった。

「先生、何かございましたか」

師は渋い顔つきになって、

「先日、伜《せがれ》がやって来てな」

伜とは、現在佐久間町の道場主である真下治五郎の長男のことだ。

「若先生が何か」

昔からの口癖だったので、剣一郎はそう呼ぶ。

「それは車海老《えび》の煮つけだ。秋葉《あきば》神社の近くの料理屋から手にいれたものだ。それから、これは業平《なりひら》しじみ。さあ、食べなさい」

師は剣一郎の問いかけが聞こえなかったかのように、目の前の膳に目をやった。

剣一郎は箸《はし》を持ったまま、師が何か言い出すのを待った。

師は猪口を置いてから、

「じつは、道場内で刃傷沙汰《にんじょうざた》があったそうなのだ」

と、沈んだ声で言った。

「刃傷沙汰？」

「門弟のひとりが仲間に突然斬りかかった。すぐ、伜が取り押さえたので大事に至らなかったが、もう一歩で修羅場と化すところだったらしい」

「そんなことがあったのですか」

剣一郎は息を呑み、

「原因はなんなのですか」

「刃傷に及んだ門弟は日頃から仲間外れにあっていたようなのだ。我慢の限界を越えて、かっとなってしまったらしい」

「仲間外れ？」

「陰湿な嫌がらせもあったらしい。ふたりとも旗本の息子だった。これが表沙汰になったら、ちと拙《まず》いことになっていただろう」

剣一郎は木内清十朗のことを思い出した。どうも嫌がらせをされているようなのだ。

新任のときの朋輩たちに対する接待が気がきいていないと古参の与力たちが不満を漏らしていた。そのことが原因かどうかわからない。だが、過剰な接待を期待するのは間違っている。

悪しき慣習をどこかで断ち切らねばならないのだが、奉行所の人間は付け届けをもらうということが当たり前になっているので、なかなか難しい問題であった。

「若先生もたいへんですね」

　木内清十朗の件と照らし合わせ、剣一郎は同情するように言う。

「うむ。なんとか大事にならずにすめばよいのだが。場合によっては、私が出て行かねばならないかもしれない」

　旗本である親同士の問題に発展しかねない危うさをもっているのかもしれない。いや、木内清十朗とて追い詰められたら何をするかもわからない。明日、出仕したら、それとなく注意をしておこうと、思った。

　それから、一刻（二時間）ばかり酒を酌み交わし、語り明かし、師もだいぶいい気持ちになってきたようだ。

「剣一郎どの」

　突然、師が口調を改め、真顔になった。

「わしも歳だ。いつ、ぽっくり逝《い》くかもしれぬ」

「何をおっしゃいます。先生はまだまだお元気でいらっしゃいます。そんな心配はありません」

「いや、聞いてくれ。わしは死など恐れはせぬ。だが、おいくを残していくことだけが心配でならぬ。おいくは身寄りが誰もおらぬ。天涯孤独な女子《おなご》なのだ。そのような暗さは微《み》塵《じん》もないが、わしはおいくが不憫《ふびん》でならぬ」

　ふと、師は涙ぐみ、

「もし、わしに万が一のことがあったら、おいくのことを頼む。このとおりだ」

　師は居住まいを正して頭を下げた。

「先生。そんなことはまだだいぶ先のことでしょうが、そのときは剣一郎、必ずおいくさまのお力になります」

「よう申してくれた。頼むぞ」

　最近は酔うと、この話が出る。この台詞《せりふ》が出たら、もう引け時だと剣一郎は思っている。

「先生。そろそろお暇《いとま》を申し上げます」

「すまん。さんざん引き止めて」

　夕暮れにはまだ間があるように思えるが、あと四半刻（三十分）もすればいっきに夕闇が迫ってくるだろう。

　やがて、師はその場に酔いつぶれてしまった。

　おいくが搔巻《かいまき》をかけて、

「近頃はいつもこうなのです」

と、苦笑混じりに言った。

師も歳をとられたのだと、剣一郎はなんだか寂《さび》しい気持ちになった。と、同時に、さっきの師の言葉を思い出して心が乱れた。

「わしに万が一のことがあったら、おいくのことを頼む」

師は若い妻女のことを剣一郎に託そうとしている。おそらく、おいくにも同じようなことを言っているに違いない。

師が寝入ってしまうと、おいくとふたりだけになる。何となく気詰まりになり、剣一郎は早々に挨拶をして立ち上がった。

「剣一郎さま。また、お出でくださいませ」

見送りに来たおいくが言う。

「はい。どうぞ、先生によろしく」

外に出ると、夕焼けが水田の水を赤く染めていた。剣一郎はほろ酔いで、つい鼻唄がもれそうになったが、ふと百姓らしき人影を目にし口を閉じた。

ふたりとすれ違ったあと、おいくの顔が過《よぎ》った。

「少し酔ったようだ」

独《ひと》り言を言い、剣一郎は土手への道を行く、やがて長命寺に差しかかろうとした。夕闇が下りて、辺りは薄暗くなっていた。

行く手に黒い影がひとつ、ふたつ……。それから背後の気配に振り返ると、やはりふたつの影があった。

剣一郎は足を緩めた。挟み打ちになった。

「おまえたち、何者だ？」

前方に大柄な侍と尻端折《しりつぱしよ》りして匕首《あいくち》を構えた男。背後に痩《や》せて長身の侍と、やはり尻端折りした男だ。皆、それぞれ黒い布で頬冠《ほおかむ》りをしている。

侍が抜刀した。白刃が夕陽を照り返す。

「ひと違いではないのか」

だが、相手は無言だ。前後から殺気が迫ってくる。

剣一郎は祖父の代からの山城守国清《やましろのかみくにきよ》銘の新刀上作の剣の鯉口《こいぐち》を切る。

「昼間の男の仲間か」

そう言うと、黒い布で頬冠りをした長身の侍がいきなり抜き打ちにかかってきた。後ろに飛び退けば、背後から突かれるので、剣一郎は素早く抜刀した。

激しく剣と剣がぶつかりあった。剣一郎は剣を弾き返し、背後から襲い掛かった上段からの攻撃を振り向きざまに剣を伸ばして受け流し、素早く、一歩退いた。

的確な狙《ねら》いで剣が迫ってくる。並の腕ではない。

「わけを話せ」

四人の中で、一番落ち着いている尻端折りの男に声をかけた。さっき剣を交えていた間も、その男は余裕に満ちた自然な立ち姿で様子を眺めていた。

「どうやら、俺を八丁堀の青柳剣一郎と知ってのことだな」

すすっと、大柄な侍が上段に構えて間を詰めて来た。

剣を高い位置に構え、切っ先を長身の侍の眼に向ける。相手の動きが止まった。その構えのまま足を踏み出すと、相手は一歩退いた。

と、背後に殺気。剣一郎は腰を沈め、振り向きざまに剣をすくい上げた。後ろから斬りかかった侍の剣を弾き返した。

その侍がよろけた。剣一郎が踏み込もうとしたとき、長身の侍が剣を横にないできた。剣一郎は逆手に剣を立てて防ぎ、すぐさま手首をひねって相手の剣を巻き込むようにして弾き返す。

間髪を入れず、匕首を構えた男が迫って来る。剣一郎は胸元に飛び込み、すれ違いざまに相手の脾腹《ひばら》を狙ったが、男は素早い動きで横っ飛びに逃れた。

今度は長身の侍が音もなく迫り、上段から斬りかかった。その剣を受けて、鍔《つば》迫《ぜ》り合いになって、すぐに離れた。

剣一郎は剣を高い位置に据えての正眼の構えをとった。

前後に迫る敵は慎重に剣一郎の動きを見ている。剣一郎はさっきからの仕掛けで、あることに気づいた。

剣一郎はいきなり踵《きびす》を返し、背後の敵に上段から斬りかかった。だが、敵は素早く後ろに飛び退いた。

やはり、そうだ。相手は身の安全を図って攻撃してきている。剣一郎の間合に入る危険を冒さない。つまり、剣一郎を仕留めるよりは、身を守ることに専念しているのだ。

奴らの正体を摑《つか》むために、ひとりでも捕まえる必要がある。その相手を物色するように四人に目を配っていると、突然、四人がさっと散った。

しまった、と剣一郎が舌打ちしたときには、賊の姿は闇の中に消えていた。

さきほど茶店で見かけた男の手下に違いない。あの風格はただものではない。醸《かも》し出される雰囲気は周囲を威圧するものがある。よほどの大物に違いない。

剣一郎が気になったのは、あの男のどこかに危険なものを感じたからではなかったか。あの男は剣一郎をずっと見ていた。ひょっとして、剣一郎のことを知っていたようにも思える。

定町廻り同心にきけば、何かわかるかもしれない。刀を納めながら、剣一郎は呼吸を整えた。

辺りはすっかり薄闇に包まれ、川には屋形船や屋根船の提灯《ちょうちん》の明かりが眩《まばゆ》く目に飛び込んだ。

三

最近、剣之助は昼食をひとりで食べることが多くなった。坂本時次郎は他の見習いのものを誘い、別な場所に行ってしまうのだ。

弁当は母の手作りだ。その弁当を食べながら、いったい時次郎はどうしたのだろうかと胸が痛んだ。

昼食も、帰りもいつもいっしょだった。だが、時次郎の態度が一変してしまった。

剣之助と同じようにひとりで食べる男がいる。木内清十朗だ。

昼食の弁当を広げた木内清十朗があっと声を上げた。

剣之助が見ると、清十朗の顔がみるみる間に紅潮していくのがわかった。

剣之助は立ち上がって清十朗の弁当箱を見た。

飯の上に馬糞のようなものがかかっていた。

(ひどい)

やり過ぎだ、と剣之助はいやな気持ちになった。奉行所で飼っている馬小屋からわざわざ誰かが持って来たのだろう。

清十朗は静かに弁当をしまった。

そこに賑《にぎ》やかな声がして、工藤兵助たちが戻って来た。

清十朗の顔色が今度は血の気が引いて青ざめていった。心配してみていると、座ったまま腰の脇差に手をかけたのだ。

腰を浮かす。危ないと、剣之助は夢中で清十朗に駆け寄ろうとした。だが、足が竦《すく》んで動けなかった。

工藤兵助の目が清十朗に向かった。危ない。剣之助は覚えず悲鳴を上げた。

「なんだ、青柳か」

工藤兵助が剣之助のほうに気をそらした。

「なんだ、変な叫び声をあげて」

「すみません」

いきなり、清十朗が立ち上がった。あっと、もう一度悲鳴を上げそうになったが、清十朗は工藤兵助の脇をすり抜け、部屋を飛び出して行った。

「おや。木内のやつ。弁当を忘れていったぞ」

工藤兵助が弁当箱の蓋《ふた》をとった。それから、急に笑い出した。

「おい、見てみろ。木内はいつも馬糞を食らっているらしい」

朋輩が集まって来て弁当箱を覗《のぞ》いた。

「くさいな」

剣之助はいたたまれなかった。

「おい。青柳。おまえ、これを棄《す》てて来い」

工藤兵助が言う。

「工藤さん。青痣与力のご子息にそんなことを言いつけ、あとで叱られませんか。なにしろ、青柳どのはただの見習いではありませんから」

「そうだ、忘れていた。親の威を借りているんだったな。あることないこと言いつけられてもかなわん」

工藤兵助がわざとらしく肩をすくめて言うと、一斉に笑い声が上がった。

「失礼します」

剣之助は清十朗の弁当を手にし、ごみ捨て場に持って行った。

弁当を棄てながら、この弁当を作ったであろう清十朗の母親のことを思った。

そして、清十朗の胸の内を思うと、我が事のように胸が痛んだ。同じような立場でいながら、向こうはれっきとした与力であり、歳も六つも上だ。剣之助になぐさめられては、かえって屈辱を感じるに違いない。

その日は一日気分がすぐれなかった。帰りがけ、剣之助は思い切って、坂本時次郎に声をかけた。

「今夜、久しぶりに深川に行ってみないか」

「忙しいんだ」

顔を見ようとせず、時次郎は冷たい口調で断った。坂本時次郎が剣之助を避けはじめてから、同じ見習い仲間たちの態度も微妙に変わってきた。剣之助に対して、よそよそしくなった。

剣之助は悄然と奉行所を出た。


夕方、剣之助はいったん家に帰ると、着替えてからすぐに外に飛び出した。どこに行くという当てはなかったが、気がつくと深川に足が向かっていた。

永代《えいたい》橋を渡り、一の鳥居をくぐって深川門前仲町《もんぜんなかちょう》から富《とみ》ヶ岡《おか》八幡宮の前を過ぎ、蓬莱《ほうらい》橋を渡って、剣之助は佃《つくだ》町にやって来た。

この辺りは、深川でも最下級の岡場所で、薄暗い中に黄色い軒行灯《のきあんどん》の明りがいかがわしい雰囲気を醸し出している。

剣之助は『和田《わだ》屋』という女郎屋の前を行ったり来たりした。土間に足を踏み入れる勇気がなく、今度こそと足を向けたが、やはりそのまま行き過ぎてしまう。

ふっと落胆のため息をつき、少し迷ってからまた『和田屋』の前に行く。

場末の女郎はおしろいを塗りたくって下品な言葉を使う。

『和田屋』にはじめて来たのは、坂本時次郎に連れてこられたのだ。女郎を買うという目的より、酒を呑む場所を求めてやって来たというほうが当たっている。

この家のおよしという女が剣之助の敵娼《あいかた》だった。

およしは深川の漁師の娘だ。目尻が垂れ下がった色黒の顔で、そばかすがあり、世辞にもよい器量とはいえないが、ひとを包み込むような温かみがあるのだ。

旗本の娘の志乃《しの》との交際を相手の親に反対され、そのやり場のない思いを、たまたま見かけた女太夫に心を向けることで忘れようとしたが、今の世の中の仕組みのなかでは女太夫との恋ははじめから無理だったのだ。

志乃や女太夫に比べたら、およしは醜女《しこめ》もいいところだろう。だが、剣之助はおよしといっしょにいると、今まで味わったことのない安らぎを覚えるのだ。その温かみに引かれて、およしに会いに来ていたのだ。

だが、これまでは時次郎と連れ立って来たのだ。時次郎といっしょならほんの僅かな勇気を絞り出すだけで『和田屋』に入れたのに、ひとりだと足が震え、心の臓が高鳴り、逃げ出したくなるのだ。

蓬莱橋まで戻ったが、弱った心がおよしを求めていた。剣之助は気合をこめ、今度は一目散に走った。

土間に駆け込んだとき、心の臓の鼓動が耳を圧迫し、目眩《めまい》に倒れそうになりながら、

「およしさんはおりますか」

と、剣之助は熱にうかされたように口に出していた。

土間にいた女が立ち上がった。およしだった。客を待っていたのだ。剣之助はまったく目に入らなかったようだ。

剣之助は二階の小座敷におよしに手を引かれて入った。

およしが行灯に火をいれてから、剣之助にしがみつき、

「久しぶりね」

と、うれしそうに笑った。

その笑顔を見て、剣之助もうれしくなった。

「お茶、持って来るわ」

およしが離れようとすると、

「お酒がいい」

と、剣之助はおとなぶって言った。

「だいじょうぶ？」

「あたりまえだ」

「そう。じゃあ、待っていてね」

およしが階下に下りて行った。

まるで自分の部屋に来たように、剣之助は大の字にひっくり返って手足を思い切り伸ば

した。

ゆったりした気分に浸っていると、ふと天井の節穴が坂本時次郎の顔に見えてきた。

「時次郎。どうしてだ」

覚えず、剣之助は呟《つぶや》いた。

あんなに仲がよかったではないか。帰りはいつもいっしょで、ここに遊びに来るのもふたりだった。

なぜ、なんだ。剣之助は胸に疼《うず》くような痛みを覚えた。

梯子《はしご》段を上がって来る音がして、およしが酒膳を運んで来た。

「時次郎さんはどうしたのさ」

盃を剣之助に寄越して、およしがきく。

「忙しいみたいだ」

「そう。結構なことね」

およしは銚子をつまんで、はいと差し出した。

酌を受け、剣之助はいっきに喉に流し込む。それから、ぐいぐいと立て続けに呷《あお》った。

「何かあったのね」

およしがきいた。

「別に」

「そう。でも、言いたいことがあったら言いなさい。こんなあたしにでも言えばすっきりするわよ」

「なんでもないって言っているだろう」

つい剣之助は声が荒立った。

「そう。でも、その言い方、何でもなくはないって言っているわ」

「うるさい。少し黙っていてくれ」

「はい、はい」

姉が弟に向けるような眼差しでおよしが剣之助を見ていた。

その目に、剣之助は急に胸が締めつけられたようになった。

「いやなことがあったのね」

およしがやさしい声を出した。

ふいに、剣之助は込み上げてきた。

「さあ、あたしのところに来なさい」

膳を横にずらして、およしが剣之助の手をとった。

剣之助はおよしを抱きしめた。そして、そのままおよしの体の温もりを味わうようにじっとしていた。背中をさすってくれるおよしの大きな手のひらが温かい。いつしか、剣之助は目に涙をためていた。

「時次郎さんと喧嘩《けんか》をしたんでしょう」

しばらくしてから、およしがきいた。

違うと言おうとしたが、声が出なかった。

「喧嘩するぐらい仲がいいって言うでしょう」

「喧嘩じゃない」

剣之助は涙声になった。

「喧嘩なんかしていないんだ。時次郎が俺を避けている」

「避ける？　どうして」

「俺が特別扱いされているって」

「そりゃ、ひがみね。でも、ひがみはやっかいなのよね」

およしがしんみり続ける。

「それで、他の朋輩も剣之助さんのことを避けている。そうでしょう」

「ああ」

「ひととの関わり合いほど難しいものはないものね。いっそ、こっちが悪いことしているならなんとかなるけど、なんでもないのに向こうから一方的に気に入らないって思われるんですものね」

剣之助は体を離し、

「およしさんも、そんなことをされたことがあったのか」

と、およしの顔を見つめた。

「こういうところにいる女たちの間だっていろいろあるの。難しいのよ」

およしははじめて辛《つら》そうな表情を見せた。

「誰それにはいい客がついている。あたしの客をとった。あの女は生意気だ。皆、口をきくんじゃないよ。そんな台詞《せりふ》はいつもよ」

「およしさんもそんな目に遭ったのか」

「中にひとり、あたしと反りが合わない女がいてね」

およしは自嘲気味に呟いてから、ふと元気な声で、

「でも、そんなことでいじけていちゃ、こっちの負け。そんな意地の悪い奴らを、いつか見返してやる。そう思って頑張っているのさ」

「およしさんは偉いな」

「偉くなんかないよ。ただ、頭が悪いからよぶんなことを考えないだけ。剣之助さんもくよくよしないで、堂々としなさい」

「堂々とか」

剣之助は勇気づけられた。

「よし。呑み直そう」

「そうこなくちゃ。でも、呑み過ぎちゃだめよ。今夜は静かに呑みましょう」

「そうだな」

剣之助は素直に答えた。

剣之助が『和田屋』を出たのは五つ半（午後九時）前だった。

胸の奥の澱《おり》のようなものがとれて、体も軽くなった気がする。酔いのせいばかりではない。およしに会いに来てよかったと、剣之助は思った。

蓬萊橋に向かいかけたとき、『三升家《みますや》』という怪《あや》しげな雰囲気の店から若い侍が出てきた。見送りの娼妓といっしょだ。

剣之助のほうはくらがりで向こうからは気づかれないようだが、若い侍の顔は軒行灯の明かりに一瞬浮かび上がった。

「木内さま」

剣之助はつい小さく叫ぶように言った。若い侍は木内清十朗だった。見送りの娼妓は細《ほそ》面《おもて》の色っぽい女だった。二十二、三だろうか。このような場末にいる女とは思えない。馴染《なじ》みを重ねたふたりのように名残を惜しんでいる。そんな風情で、ふたりは互いに顔を見合わせていた。

剣之助はなんだかうれしくなった。木内清十朗も、あの女によって癒《いや》されているのだ。昼間の憂《う》さを忘れることが出来るのだろう。

あのとき、清十朗は脇差の柄に手をかけたものの思い止まった。この女がいたからではないか。俺がおよしに救われたように、清十朗もあの娼妓に救われたのだ。そう思うと、剣之助は清十朗の敵娼の女に感謝したい思いにかられた。

剣之助は足早にその場を過ぎ、蓬萊橋を渡って引き上げて行った。

四

翌日は昼過ぎから風が出て、だんだん強くなってきた。

夕方になって、剣一郎は風烈廻り同心の礒島源太郎《いそじまげんたろう》と只野平四郎《ただのへいしろう》を伴い、市中の見廻りに出た。

普段は同心に任せているが、きょうは風がことのほか強く、剣一郎も見廻りに出た。

風が砂塵を巻き上げ、そのたびに剣一郎は立ち止まっては手をかざし目を伏せて埃《ほこり》を防がなければならない。

江戸の道で難渋するのは強風での土煙と、雨のあとのぬかるみだ。

自身番の脇にある火の見櫓《やぐら》にも、この日は見張りが昇っている。

塀の傍《そば》に燃えやすい物を積んでいる商家に注意を与え、不審者を見つければ遠慮なく声をかけながら、町々を廻った。

このような日に火災が発生したら、江戸の町はひとたまりもない。不逞《ふてい》の輩《やから》が付け火などをすることも警戒しなければならない。

剣一郎は市中を歩きながら、いつもより緊張していることを自分でも感じていた。緊張している理由はわかっている。先日、真下治五郎の家を訪ねた帰り、何者かに襲われたからだ。

なぜ襲われたか、思い当たることはないが、相手は剣一郎とわかっていて襲って来たことは間違いない。

どうして、剣一郎があの道を通ることを知っていたのか。考えが行きつくのは長命寺門前の茶店にいた宗匠頭巾の貫禄のある男だ。

あの男は剣一郎のことを知っていた。いや、この頰の青痣を見れば、青痣与力だとすぐにわかったのかもしれない。

剣一郎はそれから師の家に行き、再び帰り道を来たのは一刻（二時間）以上経ったあとだった。

その間に、仲間を手配し、待ち伏せさせたものと思える。

だが、不思議だ。賊は自らの危険を冒してまでは、剣一郎を斬るつもりはなかったとしか思えない。

つまり、威《おど》しか。

何のための威しか。ひょっとして、風の強い日を選んで付け火をするのではないか。そう思ったのも、剣一郎が風烈廻りの与力だからだ。

あの翌日、剣一郎は定町廻り同心の植村京之進に、茶店で見かけた男の特徴を言って、心当たりないかときいてみた。

だが、京之進は小首を傾《かし》げていた。

本郷《ほんごう》から湯島《ゆしま》を抜けて、明神《みょうじん》下から昌平《しょうへい》橋に差しかかった。自身番に顔を出し、火の元の用心を呼びかける。途中、夜回りに出る鳶《とび》の連中ともすれ違った。

昌平橋を渡り切ったとき、神田川の下流のほうで男の悲鳴が上がった。

「青柳さま」

礒島源太郎と只野平四郎がほぼ同時に言ったが、その前に、剣一郎は声のしたほうに走った。

川に沿って筋違《すじかい》橋のほうに向かう途中で、逃げて行く人影を見た。

「追え」

礒島源太郎と只野平四郎に言い、剣一郎は倒れている男に駆け寄った。

小肥りの四十絡《がら》みの男が虚空を摑《つか》むように手を上げていた。

「しっかりしろ」

剣一郎が抱き起こした。胸から血がどくどくと出ていた。

「つむじ風……」

「なに、つむじ風？」

剣一郎は男の耳元で大きな声を出した。

「つむじ風の弥助《やすけ》か、やったのはつむじ風の弥助か」

そうだと言ったあと、男の首ががくんと折れた。

礒島源太郎と只野平四郎が戻って来た。

「申し訳ありません。見失いました」

「駆けつけるのが遅かったんだ。仕方ない」

すでに小者は自身番に走っており、それから四半刻（三十分）後に、巡回中だった植村京之進が駆けつけてきた。

「青柳さま。おそれいります」

京之進は剣一郎に声をかけ、それから死骸の傍《かたわ》らに佇《たたず》んだ。小者がすぐに提灯をかざした。

「匕首《あいくち》で心の臓を一突きですね」

京之進が眉をひそめて言う。

「事切れる前に、つむじ風と言っていた。つむじ風の弥助に殺《や》られたようだ」

「つむじ風の弥助ですって」

いったん振り向いて剣一郎の顔を見てから、京之進はもう一度死んだ男を覗《のぞ》き込んだ。

「まさか」

京之進が立ち上がった。

「つむじ風の弥助とは夜鳥の十兵衛の右腕と言われた男です。まさか、江戸に……」

夜鳥の十兵衛は、五年前まで江戸を荒らしまわっていた極悪非道な押込みの頭目であった。

盗人の親分中の親分とも言える男だと、剣一郎は知っていた。

「五年前……」

長命寺門前の茶店にいた男は五年ぶりの江戸だと話していたという。あの存在感のある貫禄は大親分そのものだ。

「あいつは夜鳥の十兵衛だったのか」

剣一郎は目を見開いた。

「それでは、青柳さまが向島で会ったというのは」

「夜鳥の十兵衛に間違いない」

「夜鳥の十兵衛は江戸に舞い戻ってきたということですね」

「そうだ」

夜鳥の十兵衛一味が押し入った先は地獄だった。主人夫婦、家族から奉公人まで、目に入ったものはすべて殺す。したがって、賊の一味を見たものは皆無だった。

夜鳥の十兵衛一味は三年ばかりの間に十軒もの商家に押し入り、五十人以上を殺害し、一万両近くを盗んだのだった。

火付け盗賊改め方も手を焼き、奉行所も総掛かりで探索したが、尻尾さえ摑めなかった。そんな中、夜鳥の新たな犯行を防ぎ、一味に壊滅的な打撃を与えたのが剣一郎だった。

もっとも、剣一郎には幸運が重なったのだ。

五年前の春、きょうのように風の強い日だった。風烈廻りの剣一郎は町の見廻りの際に、日本橋本町《にほんばしほんちょう》の薬種問屋『長生堂《ちょうせいどう》』の前で不審な行動をとった男を見つけたのだ。

天秤棒《てんびんぼう》を担いだ梅の盆栽売りの男が『長生堂』の裏口から出てきた下男らしき男に何か紙切れのようなものを渡したのだ。下男はすぐに引っ込み、盆栽売りもそのまま立ち去った。

たまたま剣一郎はその様子を見て、不審に思った。さりげなく、剣一郎は盆栽売りの男のあとをつけた。

盆栽売りは、商売を忘れたように引き上げて行くのだ。それ以上尾行すると感づかれると思い、剣一郎は途中で引き返した。

そして、『長生堂』に行き、主人の幸兵衛《こうべえ》に会い、下男のことを訊ねた。忠平衛《ちゆうべえ》と言い、もう三年も勤めている。無口だがよく働く男で重宝しているということだったが、剣一郎は気になってならなかった。

そこで、信頼のおける女中を紹介してもらい、忠平衛が棄てたごみを拾い集めてもらうことにした。特に紙切れで、引き裂かれているかもしれないので、その場合には破片を残らずと頼んだ。

その女中はうまくやってくれた。半刻（一時間）後に、近くの自身番に待っている剣一郎のところに紙屑を持って来てくれたのだ。

剣一郎はそれらの紙片を拾いだし、破片をつなぎ合わせた。すると、一枚になった紙切れに、明日の夜という文字が読めた。

たったそれだけのことで、盗人が押し込むという証拠にはならないのだが、剣一郎は確信した。

そして、そのことを定町廻り同心に知らせたのだ。

案の定、忠平衛が裏木戸を開け、母屋の戸も開けて、賊を引き込んだ。そこに、ひそかに張り込んでいた町方の連中が飛び出したのだ。

このとき、剣一郎も加勢に加わった。大捕物の末、十人近い賊を捕まえた。その中に、盆栽売りの男もいた。さらに、忠平衛をも捕らえた。

盆栽売りの男の口から、夜鳥の十兵衛一味だということがわかり、奉行所は騒然とした。だが、頭目の十兵衛には逃げられた。

盆栽売りの男に拷問を加え、一味の隠れ家を白状させ、その場所に駆けつけたときには
すでにもぬけの殻だった。

それから夜烏一味の押込みはぱったりと止んだ。江戸を離れたものと思われた。

「あの男が夜烏の十兵衛なのか」

もう一度、剣一郎は呟いた。

五年前のことは、まったくの偶然の産物であり、剣一郎は自分の手柄とも思っていない
が、夜烏の十兵衛はそう思っていないのかもしれない。

俺に復讐しようとしているのではないか。剣一郎はそう思った。あの向島での襲撃も、
そのための威しだったのかもしれない。

「青柳さま。おそらく、この者は夜烏の一味を知っていたので、口封じのために殺された
のかもしれません」

京之進の顔は強張っていた。

「どうやら、夜烏の十兵衛は江戸で仕事をするつもりのようだな」

「はい」

京之進の声は震えを帯びていた。

殺された男の正体が翌日にわかった。

奉行所で会った京之進が知らせてくれた。

「火盗改めの密偵を務めていた久助《きゆうすけ》という男で、数年前まである盗人の一味にいたそうです。火盗改めに捕まったものの、密偵として働くことになったのだということです」

「すると、火盗改めも夜鳥の十兵衛が江戸に戻ったことを知っているのだな」

「そうです。久助が報告していたようです」

つむじ風の弥助は仲間を募っていたらしい。そこで、火盗改めの密偵になっていることを知らずに久助に声をかけた。だが、正体を暴《あば》かれて殺された。そう火盗改めは見ているらしい。

五年前、逃げおおせたのは夜鳥の十兵衛とつむじ風の弥助のふたり。だが、そのふたりだけで帰って来たわけではあるまい。

どこぞで仲間を集め、再び勢力を盛り返しての江戸下りだったはずだ。

剣一郎を襲ったのは四人だ。あの中にいた男がつむじ風の弥助かどうかわからないが、最低でも五人はいる。いや、本来の夜鳥のやり方からいけば最低十人は必要なはずだ。

何人かは江戸で調達しようとしているのだろう。

この前の長命寺門前での茶店のおやじとの会話が正直なものだとすれば、夜鳥の十兵衛が江戸にやって来たのは最近だろう。

つまり、つむじ風の弥助が先に来ていて、ある程度のお膳立てをしておいてから十兵衛を呼んだとみていい。

「青柳さま。夜鳥の十兵衛の隠れ家は向島にあるのではないでしょうか」

京之進が言う。

「そうだな。僅か一刻（二時間）ばかりで仲間を呼び集めたのだから、あの近辺に住んでいる可能性はあるが」

そうは答えたが、剣一郎は迷った。

「ともかく、あの辺りを探索させます」

剣一郎は京之進と別れ、風烈廻りの部屋に向かった。

が、ふと剣之助のことが気になって、当番方の部屋に寄ってみた。

部屋に入ろうとしたとき、罵《ののし》るような声が聞こえ、剣一郎は足を止めた。

「なんだ、木内。おまえはまだそんなこともわからんのか」

「でも、私はそのように教わりました」

「なんだと。では、我々が嘘を教えたと申すのか」

この声は工藤兵助だ。

「では、どうすれば」

「そんなこと、自分で考えろ」

「でも、教えていただかなければわかりません」

「それが、ひとに教えを乞《こ》うときの態度か。まず、土下座して頼むべきだろう」

剣一郎は部屋に飛び込んで行こうとしたが、剣之助がいることに気づいて思い止まった。この場は収まるだろう。

だが、それは一時しのぎに過ぎない。それより、今度は剣之助に矛先《ほこさき》が向かうかもしれない。

困惑していると、急に笑い声が起きた。

もう一度顔を向けると、木内清十朗が土下座をしていた。

「もう一度、教えてくださいませ。このとおりでございます」

清十朗、よく耐えた。剣一郎は心の内で讃え、そしてその場から離れた。


その夜、剣一郎は妻多恵と居間にいた。

夕餉のあと、しばらくして多恵がやって来たのである。

「何か屈託のあるご様子に見受けましたが、いかがなされましたか」

多恵は穏やかな物言いだが、剣一郎の心の中を見通しているのだ。

「じつは当番掛かりの木内清十朗が仲間から冷たい仕打ちをうけているようなのだ」

そう切り出し、きょうの出来事を話した。

「よほど出て行こうとしたが、俺が出て行けば、剣之助の立場が微妙になると思ってな。俺の存在が剣之助に負担をかけているようにも思えるのだ」

「中心になっているのは工藤兵助どのなのですね」

「そうだ」

多恵は庭に目をやった。

暗い庭に白い花がぼんやり見える。

多恵が顔を向けた。

「おそらく、工藤兵助どのは何かに苦しんでいるのではないでしょうか」

「工藤が?」

「はい。自分の心が思い通りにならないことがあるのではありますまいか」

「なるほど」

「一度、工藤どのとお話しなさったら」

「そうだな」

剣一郎は頷いてから、

「木内清十朗のほうはどうしたらいいものか」

と、相談した。

「そうでございますね」

「あまり追い詰めると、大きな間違いでも起こしかねない」

　真下道場で刃傷沙汰になったと言うが、決して他人事《ひとごと》ではないのだ。辱《はずかし》めを受ければ、武士の一分を守るために思い切ったことをするかもしれない。

「土下座をしたというのは強い精神力がまだある証しか、それとも他に何か心に期するものがあるのかもしれません。少し、心配な気もいたします」

「心配？　まさかそんなことはあるまい。かりにも、武士だ」

　多恵は、清十朗が自害するとでも思ったのかもしれないが、そんなことはあり得ない。

　剣一郎はそう思った。

「それならよろしいのですが。さりげなく、剣之助から事情を聞いてみたらいかがでしょうか。剣之助は間近で見ているようですから」

「しかし、剣之助も」

　剣之助も、どうも最近は孤立しているようだと言おうとしたが、多恵は口許を綻《ほころ》ばせ、

「剣之助はきっとだいじょうぶだと思います」

「そう思うか」

「はい。だって、あなたと私の子ですから」

　多恵はにっこり笑った。その自信に満ちた笑顔に、剣一郎は感心せざるを得なかった。

　ここまで子どもを信じることが出来る。母親というものはすごいものだと、感嘆《かんたん》した。

# 五

今夜は来るつもりはなかったが、やはり足が向いてしまった。

蓬萊橋を渡り、剣之助は深川佃町に足を踏み入れた。この前から五日後のことだった。およしのいる『和田屋』に向かう途中、先夜、木内清十朗が女に見送られて出て来た『三升家』という娼家の前を通った。

今夜も清十朗が来ているような気がして、通りすがりに入口を覗いた。もちろん、姿など見えるわけないが、それでも女の姿がちらりと目に入った。清十朗の敵娼かどうかわからない。

剣之助はそのまま『和田屋』に向かった。

きょうも帰りがけ、坂本時次郎に声をかけた。が、時次郎は用があると言い、剣之助の声に耳を傾けようともせずに他の見習いの男といっしょに帰って行った。

最近、時次郎が剣之助を妬《ねた》んでいる気持ちがわかるような気がしてきた。奉行所内では、剣之助のほうが古参の者に何かと目をかけられている。もし、自分が時次郎の立場だったら面白くないに違いない。

そう思うようになったのも、およしの言葉を聞いてからだった。

『和田屋』の土間に入ると、二階から賑《にぎ》やかな声が聞こえてきた。遣り手婆が横の小部屋で待つように言い、二階に上がって行った。

およしに客がついているのだろう。今夜は出て来るのが遅かったからな、と剣之助は吐息を漏らした。

この店にはおよしの他に三人の妓《おんな》がいる。その中で、およしが一番歳を食っている。お茶を挽くことが多いと言っていたが、自分以外にも客がついていることに、剣之助はなんとなく安堵する気持ちだった。

待つほどのこともなく、およしがやって来た。

妙に真剣な顔で、

「上に、坂本さんたちが来ているわ」

と、およしが低い声で言った。

「時次郎が？」

「ええ。お仲間三人と」

剣之助は少し迷ってから、

「よし、そこに案内してくれ」

と言い、立ち上がった。

「待って。今夜はよしたほうがいいわ」

「どうして？」

「もう、だいぶ呑んでいるの」

およしの目は、よせと言っている。

「そうか。俺の悪口を言っているんだな」

剣之助は地の底に吸い込まれそうな衝撃を受けた。そんなところにのこのこ出て行ったら、喧嘩になりかねない。

「わかった。今夜は帰る」

剣之助はやりきれない思いで言う。

「ごめんなさい。明日、待っているわ」

およしの声を背中に聞いて、剣之助は重たい足を引きずるように店を出た。

ここは俺と時次郎とふたりだけの隠れ家だったのだ。それなのに、時次郎は他の者を連れて来た。

（これで終わりだ。時次郎との友情もすべて消えた）

心の内で、剣之助は怒りとともに寂《さび》しく呟いた。

まるで酔ったような足取りで、『三升家』に近づいたとき、その店先に木内清十朗の姿を認めた。

やはり、清十朗は女に会いに来ていたのだ。

このまま進めば鉢合わせしかねないので、剣之助は立ち止まった。

そして、清十朗が先に立ったのを確かめてから、剣之助もあとをつけるような形で足を踏み出した。

清十朗が蓬萊橋に向かう。剣之助も遅れて橋に差しかかった。

ところが、清十朗は橋を渡らなかった。おやっと思った。帰途を辿《たど》るなら、橋を渡るはずだが、清十朗は右に折れた。

そっちのほうから舟に乗るつもりなのかと思ったが、剣之助は気になり、そのまま清十朗のあとをつけた。というのも、さっき『三升家』から出て来たときの清十朗の表情に気負ったような激しさを見たからだ。

今、改めて後ろ姿を見ると、なんとなく殺気立つものが窺《うかが》える。胸騒ぎを覚えながら、清十朗のあとについて右に折れた。

この先は洲崎《すさき》の海岸だ。この辺りの海では潮干狩りや舟遊びで賑わうが、今は闇の中だ。その洲崎の奥に洲崎弁天社がある。

清十朗は海岸沿いをどんどん行く。闇の中で葦簾《よしず》張りの茶店がひっそりと佇《たたず》んでいるのが見える。犬一匹通らない道をさらに行く。

清十朗はまったく後ろを気にしていないようだった。やがて、洲崎弁天社に入った。門前にある料理茶屋の軒行灯の明かりが仄《ほの》かに灯《とも》っている。清十朗は鳥居を潜《くぐ》り、境内《けいだい》に入った。常夜灯が寂しげに灯っているだけだ。

清十朗は常夜灯の明かりの届かない暗がりに立った。剣之助は大きく迂回して裏から境内に入り、社殿の横のほうから清十朗を見つめた。

誰かを待っているのだ、と気づいた。いったい、相手は誰か。工藤兵助であるはずはない。よしんば、待っている相手が工藤兵助なら、当の工藤はやって来ないはずだ。こんなところで死闘を演じたら、勝っても負けても無事にはすまない。奉行所にはいられなくなるかもしれない。

だとしたら、やって来るのは『三升家』の敵娼に違いない。仕事が終わるまで待つつもりなのだ。だが、泊まりの客がいるかもしれない。

あっと、剣之助は叫び声を発しそうになった。

心中する気なのではないか、と思い至った。あの女と示し合わせて、ここで心中を決行する約束になっているのではないかという悪い想像が働いた。

剣之助は体が小刻みに震えてきた。今、飛び出して行って清十朗を思い止まらせるべきか。しかし、心中だという証拠はなにもないのだ。

第一、女のほうに死ぬ理由があるのかどうかわからない。

もうしばらく待つのだ。そのうち、女がやって来るだろう。そのときだ、飛び出して行くのは。そう決意した。だが、そのときになって、果たして自分に飛び出して行く勇気が溢《あふ》れてくるだろうか。

剣之助は思い悩みながら女のやって来るのを待った。だが、まだ人影はなかった。

潮風が冷たい。長い時間いると体が冷えてきた。もう半刻（一時間）は過ぎた。

清十朗は小さく動き回り、そのうち境内を出てからまた元の場所に戻って来た。それを何度か繰り返している。焦《じ》れているらしいことがわかる。

約束の刻限を大幅に越しているのだろう。女が抜け出せないのかもしれない。そのうちに、ようやく人影が近づいて来た。

だが、それは女ではなかった。着流しに雪駄《せった》履きの遊び人ふうの男だった。

男はまっすぐ常夜灯までやって来た。そして、清十朗を見つけると、そのほうに向かった。

何か言い争っている。清十朗のほうが頭を下げているようにも思える。

お紺《こん》は俺の女だという声が聞こえた。それに対して、清十朗は何か言い返したようだが、声が小さくて聞き取れない。

どうやら、男はお紺という女の間夫《まぶ》らしい。そのお紺とは清十朗の敵娼のことだろう。

やがて、男が急に踵を返し、来た道を戻って行った。そのあとを、清十朗が追った。二つの影が暗闇に隠れた。

剣之助はあとを追った。そして、蓬萊橋に近づいたとき、数人の男がやって来た。その中に、坂本時次郎がいた。

時次郎ははっとしたように剣之助の顔を見た。だが、連れの朋輩たちといっしょに橋を渡って行った。

急に怒りが込み上げてきた。だが、どうすることも出来ない。そのやり場のない怒りの始末に困ると、およしの顔が浮かんだ。

剣之助は『和田屋』に駆け込んだ。


翌朝、ようやく夜がしらじら明け初めた頃、剣之助は尿意を催して目が覚めた。

隣に、およしが寝ていた。遊女は客に寝顔を見せないというのは高級な店の話で、このような場末の女には関係ないのかもしれない。

頭が割れるように痛い。どうして、自分がここにいるのか思い出せない。

ゆうべはおよしもいっしょになって酒を呑み、あげくにふたりとも酔いつぶれてしまったのだ。

およしを起こさないように静かに部屋を出て、二階にある厠《かわや》で用を足した。

しばらく廊下で休み、部屋に戻ろうとしたとき、外を走って行く足音が幾つか重なって聞こえた。

部屋に戻ると、およしが半身を起こしていた。乱れた髪を直していた。

「剣之助さんにこんな顔を見せたくなかったのに」

　およしは自嘲気味に言った。

「俺との間で、そんなのは水臭い」

　剣之助は笑って、ゆうべのことを思い出そうとしたが、頭が痛くて続かない。

「熱いお茶でも持ってきましょうか。それとも迎え酒」

「酒なんかとんでもない。もう、見るのもいやだ」

　まだ記憶が蘇《よみがえ》らない。浴びるほど呑んだようだから、きっと何かいやなことがあったのだということはわかる。

　そう思ったとき、またも外にひとの走る音が聞こえた。

「何かあったのだろうか」

　こめかみを押さえながら、剣之助はきいた。

「お茶を持ってきますね」

　およしが立ち上がった。

　剣之助はまたごろりと横になった。

　梯子《はしご》段を下りて行ったおよしが熱い茶を持って来た。

「はい」

　湯飲みを置いたあとで、

「洲崎の海岸で男のひとが死んでいたんですって」

と、およしは眉を寄せて言った。

がばと、剣之助は起き上がった。

「男だと」

「どうしたの、そんな怖《こわ》い顔をして」

白く濁った水が透《す》けて底が見えてくるように、徐々にゆうべのことを思い出してきた。

「木内さま」

寝間着のまま、剣之助は部屋を飛び出た。

「あっ、どうしたのさ」

剣之助は梯子段を落ちるように駆け降り、土間にあった草履《ぞうり》をつっかけると、店の者の驚きの声を聞き流して、外に飛び出した。

洲崎の海岸に向かって、剣之助は夢中で走った。頭の中に木内清十朗の顔が浮かんでは消え、剣之助は気ばかり急《せ》いて、途中何度も躓《つまず》きそうになった。

堤の葦簾張りの茶屋の近くに人溜まりがあった。まだ、同心や岡っ引きは到着していないようだった。

剣之助は野次馬をかき分けて前に出た。

清十朗さま。心で叫びながらまだ筵《むしろ》もかかっていない亡骸《なきがら》を見た。

違う。清十朗ではなかった。ほっとして急に疲れが出た。

誰かがやって来て、ようやく亡骸に筵をかぶせた。

が、瞼《まぶた》に死体の顔が焼きついている。痩《や》せた体つきだった。剣之助は新たな不安に襲われた。

ゆうべ、洲崎弁天社の境内で、清十朗と言い争っていた男が、筵の下にいる男に似ているような気がした。

男が引き上げると、清十朗はそのあとを追って行った。何の話をしていたかわからないが、決して平穏な話し合いではなかった。

しかし、あの暗がりで男の顔をはっきり見たわけではない。この亡骸はひと違いの可能性のほうが高い。

そう自分に言い聞かせ、剣之助はおよしのところに戻った。

「いきなり飛び出して行くんだもの。驚いたわ」

およしが呆れたように言う。

「すまない。知ったひとかもしれないと思ったんだ」

「まあ。で、どうだったの？」

「違った」

「そう、よかったわね」

剣之助は黙って頷《うなず》いた。

清十朗のことを考えているうちに、ようやく、ゆうべのことをすべて思い出した。洲崎弁天から清十朗のあとを追って蓬萊橋までやって来たとき、坂本時次郎とばったり出くわしたのだ。

時次郎は剣之助を無視した。その怒りと悲しみが、剣之助を逆上させたのだ。

「どうしたのさ」

考え込んでいる剣之助の腕を、およしが引っ張った。

「帰る」

剣之助は立ち上がった。

六

その日の朝、剣一郎は多恵とるいに見送られて玄関を出た。継上下《つぎがみしも》、平袴に無地で茶の肩衣《かたぎぬ》、白足袋《たび》に草履を履き、槍持、草履取り、挟箱持、若党らの供を従えている。

結局、剣之助はゆうべ帰って来なかった。何かあったのではないかという不安もあったが、また深川のおよしという女のところだろうと思っていた。

門を出てから、組屋敷の路地から表通りに出ようとしたとき、ふと前方の角にあわてて隠れた影を認めた。剣之助だとわかった。

朝帰りだ。深川のおよしという女が気に入っている。きょうは非番だから羽目を外したのだろうが、一度意見を言わねばならぬと思いながら楓《もみじ》川を渡り、川沿いの道を行く。

剣一郎は川沿いの道が好きなのだ。それから京橋《きょうばし》川に突き当たって、今度は京橋川沿いを西に行き、比丘尼《びくに》橋を渡って外堀沿いを進んで数寄屋橋御門内へと向かうのだ。

南町奉行所は今月は月番なので正門は開いているが、剣一郎たちの出入りは脇の小門を利用した。

当番部屋を覗くと、きょうは木内清十朗も非番らしく姿はなかった。ちょうど、工藤兵助が出仕していたので、剣一郎は声をかけた。

「青柳さま」

工藤兵助は丁寧に会釈をした。

「おや、少し痩せたようだな」

頬がこけ、眼窩《がんか》が大きく窪《くぼ》んで見える。

「はあ」

「あまり無理をするな。お父上はご堅固か」

「はい。気ままな隠居暮らしを楽しんでおります」

「そうか。それはなにより。そのうち、そなたとも一献酌み交わそうではないか」

先日、多恵と話した折りには、明日にでも工藤兵助と話をしてみようと思ったのだが、それが延び延びになっていた。

「はい。ありがとう存じます」

工藤兵助は畏《かしこ》まって応じた。

工藤兵助は確かに痩せた。新任の頃はもう少し肉付きがよかったように思える。

新任したてのとき、工藤兵助は慣例に則《のっと》り、与力仲間を日本橋本町一丁目にある料理茶屋に招待したのである。

芸妓を何人も呼び、大騒ぎになった。最初のうちは招待主の工藤兵助を立てていたが、酒が進むうちに工藤兵助を小僧と呼び、工藤兵助が一人ひとりに酒を注いでまわると、あからさまに絡む者もいた。やがて、工藤兵助をそっちのけでめいめいに騒ぎ出した。芸者の三味線に合わせて卑猥《ひわい》な唄を口にする者、言い合いをはじめる者など、嘆《なげ》かわしい光景だ。

それからも、工藤兵助はしばらくは先輩たちに下僕のように仕えた。そのときの辛い思いを忘れたのだろうか。それともそのこと以外に原因があって、木内清十朗に辛く当たっているのだろうか。

午前中は例繰方の部屋で文机に向かい、吟味方与力からまわされてきた咎人《とがにん》の口書と御《お》仕置裁許帳《しおきさいきょちょう》との照らし合わせの作業にかかった。

午後になって、作成した書類をお奉行に提出するために、内与力の長谷川四郎兵衛《はせがわしろべえ》のところに行った。

「ごくろう」

長谷川四郎兵衛は冷たい目を向けて鷹揚《おうよう》に言う。

奉行の権威を笠に着て威張っているので、皆から疎《うと》まれているが、本人はそういうことを一切気にせず、奉行所内を我が物顔でのし歩いている。そういう人間だから、奉行所内で人望のある剣一郎が疎ましいのか、剣一郎には何かと辛く当たるのだ。

「夜鳥の十兵衛が江戸に舞い戻った形跡があるそうだな」

長谷川四郎兵衛がきいた。

「はい。偶然、私は向島の長命寺門前で十兵衛らしき男を見掛けました」

当然、同心から報告が上がっているだろうから、正直に答えた。

「江戸で大仕事をするのであろう。なんとしてでも、それを防がねばならぬ。そちも手を貸すようにというのがお奉行のお言葉だ」

お奉行は、夜鳥の十兵衛の件には神経を尖《とが》らせているようだった。

「ははあ」

と、剣一郎が平伏すると、その頭の上からおっ被せるように、

「だがな、青柳どの。探索は廻り方同心のお役目。あくまでも、手伝いでござる。よいな、そなたは手を貸すだけ」

と、長谷川四郎兵衛は鼻の穴を膨らませて言う。

「承知いたしました」

こうして、いつものように、剣一郎は夜烏一味の事件探索に組み込まれたのだった。

その後、風烈廻り与力としての町廻りのために、剣一郎は奉行所を出た。

が、剣一郎の目的は別にあり、途中でふたりの同心と別れ、ひとりで向島に向かった。

着流しに巻き羽織の与力の姿で、三囲神社の前を過ぎた。

植村京之進たちが手分けをして小梅《こうめ》村、寺島《てらじま》村、隅田《すみだ》村、須崎《すざき》村などの向島一帯の探索をしている。それにも拘《かか》わらず、夜烏の十兵衛らしき男の隠れ家は見つけ出せずにいる。

剣一郎は少し引っかかることがあった。そのことを確かめるために、やって来たのだ。

長命寺門前の茶店に寄り、先日の亭主に会った。

「これは青柳さま」

亭主が腰を折って出て来た。

「すまない。先日の客のことだが、あれからあの男はここにやって来たかね」

「いえ。お見かけしていません」

あれから、十日しか経っていないのだから、やって来ないのは無理もない。が、この付近に住んでいるのなら、姿を見かけることもあるのではないか。

茶店を離れ、剣一郎は隅田堤を行く。前回の訪問からまだ間がないので、ふいに顔を出して驚かせてしまうことを気にしながら真下治五郎の家に向かった。

剣一郎が土間に立ち、声をかける前に奥から妻女のおいくが飛んで来た。

「まあ、青柳さま。さあ、どうぞ、お上がりください」

「いえ」

剣一郎は両手を広げ、

「きょうは仕事でして」

と、自分の姿を見せるようにした。

「あら」

と、おいくは初めて気づいたように、口に手を当てて娘のようにおかしそうに笑った。

「どうりで、いつもの青柳さまらしくなく、どこかお堅い感じがすると思いました」

「はあ」

このやりとりの間に、ふだんなら師が顔を出すのだが、きょうは留守のようだ。

「先生は？」

「朝から佐久間町の道場です」

刃傷沙汰の後始末のために行ったのだろう。

「私では用が足りませんでしょうね」

おいくが申し訳なさそうに言う。

「いえ。おいくさまにお伺《うかが》いしたいのです」

「まあ、私にですか」

おいくは美しい目をぱっと輝かせ、

「なんでございましょうか。あっ、こんなところで失礼いたしました。さあ、どうぞお上がりくださいませ」

「いえ。すぐお暇《いとま》いたしますので、ここで」

師の留守の間に上がり込んで、若く美しい妻女と語り合うことを遠慮した。

「先日、私がこちらに来ることを、どなたかにお話しになられたことがおありでしょうか」

「青柳さまがお見えになることをですか」

質問の意味が摑めないように、おいくは小首を傾げた。

「私が訪ねてくることを知っていた者がいたかどうかなのですが」

「いえ、どなたにも」

「そうですか。たとえば、行商人でも通りがかりの者にでもいいのですが」

「ああ、それなら」

おいくが思い出したように、微笑んだ。

「誰ですか」

「鼠《ねずみ》取りの薬売りでございます」

「石見《いわみ》銀山鼠取りですね」

鼠取り薬と書いた幟《のぼり》を立て、薬を入れた箱を肩から吊るして、行商をする男だ。

「どうして、その薬売りに私のことを？」

「うちの旦那さまのことをよくご存じらしく、その話から青柳さまはこちらにいらっしゃることはあるのかという話になったのですよ」

「それはいつのことですか」

「もう十日以上前ですけど」

その薬売りは夜鳥の一味かもしれない。うまく、剣一郎がここにやって来る日を聞き出したのだ。

「そのことが何か」

急に、おいくは不安そうな顔つきになった。

「いいえ。たいしたことではないのです。何も気になさることはありません」

剣一郎は明るく言った。

「そうですか」

ほっとしたように、おいくはため息をついた。その仕種もまだ初々しい感じだ。

「それでは私はこれで」

「あれ、もう行ってしまわれるのですか」

おいくは心底寂しそうな目をする。

「どうぞ、先生によろしくお伝えください」

「また、近いうちに来てくださいね」

おいくが縋《すが》るように言う。

天涯孤独な身の上だという師の言葉を思い出した。おいくには師しか頼るものはない。が、師は老齢だ。

「おいくさま。私は師やおいくさまを家族のように思っております。どうぞ、そのおつもりでいてください」

そう言い、剣一郎は静かに頭を下げ、師の家を辞去した。

遠ざかるにつれ、だんだんおいくの寂しげな顔が薄くなって、やがて消え、代わりに鼠取りの薬売りの男のことが頭を占めた。

その男は剣一郎と真下治五郎との関係を調べたのだ。そして、たまに遊びに行っていることを知り、師の家まで行き、剣一郎の来訪の予定を聞き出したのだ。

なんのために……。剣一郎を襲うためか。いや、あのとき、賊は剣一郎の命までとろうという気迫はなかった。

夜鳥の十兵衛は、剣一郎があの道を通るのを知っていて、わざとあの茶店にいたのだ。そして、帰りを襲わせた。

「挑戦だ」

剣一郎は覚えず声を発していた。

十兵衛は江戸に舞い戻ったことを剣一郎に知らせるためにわざと姿を見せたのだ。

五年前、夜鳥ははじめて押込みに失敗し、手下をほとんど失うという壊滅的な痛手を受けた。

それが剣一郎のせいだと信じている。だが、その恨みは剣一郎を殺害すということには向かわない。それでは、夜鳥の十兵衛の傷ついた誇りは癒《いや》せない。

夜鳥の十兵衛の自尊心が満足するには、八丁堀の鼻を明かして大仕事をやってのけるしかない。

夜鳥の十兵衛は、江戸で大仕事をするぞと剣一郎に伝えているのだ。

空がふと翳《かげ》った。厚い雲が張り出してきた。剣一郎はそこに敵がいるように虚空《こくう》を睨《にら》み付けた。

# 第二章　無言の挑戦状

一

翌日、剣一郎は内与力の長谷川四郎兵衛にお奉行への目通りを願い出た。

わしが伝えておくと長谷川四郎兵衛が言ったのに対して、「いえ。お奉行じきじきに」

と、答えたので、長谷川四郎兵衛はまた癇癪《かんしゃく》を起こしそうになった。

よほど、剣一郎のことが気にくわないらしい。いつも剣一郎が相手をせずに涼しい顔をしていることも面白くないようだった。

お奉行は午前中はお城に上がっており、下城を待って、剣一郎は長谷川四郎兵衛に呼ばれた。

剣一郎は次の間で扇子をとり、敷居際に手をつき、お奉行に対して一礼した。

「これへ」

お奉行の声に、剣一郎は静かに敷居をまたぎ、奉行のいる部屋に入った。

「その顔つきだと、何かあったな」

お奉行が厳しい顔つきできいた。

「はあ。由々しきことと思いまして、こうしてご報告仕《つかまつ》ります」

「夜鳥の十兵衛のことだな」

お奉行は眉の辺りを曇らせた。

「はい。先日来、夜鳥一味の動きを見かけておりましたが、それはどうやら一味がわざと我らに披露しているようでございます」

剣一郎は少し膝を進め、

「お奉行。夜鳥の十兵衛は我らに挑戦しております」

と、畳に手をついたまま訴えた。

「なに、挑戦だと？」

剣一郎は向島での出来事を話し、

「向こうから、わざわざ自分の存在を誇示し、私を襲わせ、さらにある盗人の一味だった火盗改めの密偵を殺害したのも、夜鳥の十兵衛の存在を示そうとしたものに違いございません」

「ばかな。なんでそんなまわりくどいことをするのだ」

長谷川四郎兵衛が横合いから口をはさんだ。

「それより、手紙で、夜鳥一味が舞い戻ったと知らせてくれればよいではないか」

「確かに、仰《おつしや》るとおりでございます。ですが、もし我らが手紙をもらった場合、そこに書かれたことを信じるでしょうか。別の盗賊が夜烏の一味の名を騙《かた》っている可能性も考えます」

「そうかな」

四郎兵衛は不満そうな顔をした。

「それより、少しずつ、自分たちの存在を我らに示し、明らかに夜烏の十兵衛だとわからせる。そうやって我らを追い込み、翻弄《ほんろう》する。すでに、夜烏の一味との闘いがはじまっているということです」

「だとすれば相当な自信だということだな」

お奉行が眉根を寄せて言う。

「はい。夜烏の十兵衛という男、なかなかの風格。それは自分は天下一の盗賊という誇りからくるものだと思われます。それだけに五年前のその誇りを傷つけられた恨みは激しく、報復に燃えているのでありましょう。おそらく」

剣一郎は声を強めた。

「五年前、江戸を去った直後から今日のために江戸のどこかにいろいろな手を打っているものと思われます。おそらく狙《ねら》う金額は千両、いや二千両以上。そのぐらいの金が唸《うな》っている豪商に狙いを定めておりましょう。そして、押し入った先の者たちを、容赦なく皆殺しにする可能性が高いと思われます」

「なんと、皆殺し」

長谷川四郎兵衛が舌をもつれさせた。

「はい。もし、夜烏の一味の押込みが成功するならば、被害額は二千両以上、斬殺されるものは三十人以上」

決して大袈裟《げさ》ではなく、夜烏の十兵衛は万全の態勢で臨んでいるはずだ。奴らの目的は江戸で大きな仕事をするだけでなく、八丁堀の鼻を明かすこと。いや、それこそが最大の目的なのかもしれない。

だが、夜烏の十兵衛に、単なる押込みだけではなく復讐というが目的があるのなら、逆にそこに付け入る余地がある。剣一郎はそう思った。

「この夜烏の一味との闘い、南町だけでなく北町、さらには火盗改め方とも一致協力して当たるべきかと存じます」

「よし、わかった。北町と火盗改めにも話を通じておく」

お奉行は深刻そうな声で言い、

「こちらとしてはどういう対処があるか」

と、ためすようにきいた。

「先程も申し上げましたように、押込み先は土蔵に千両箱が唸っている豪商。たとえば、越後屋《えちご》などのような大店《おおだな》が考えられます」

呉服店の越後屋は一日に六百両もの売り上げがあり、番頭、手代、丁稚から下男、下女までの奉公人が二百名は越すと言われている。

「だが、おそらく、我らの目がそこに行くと考え、狙いから外すとみていいかと思います。それに、これほどの大店はかえって押し込みにくいのでしょう。もちろん、念のために警護は必要かと思います」

「すると、それほど名の知られていない大店ということだな」

「はい。さらに舟での逃走を考えて堀に近い場所とか、そういう条件にあてはまる大店を拾いだし、総力を上げて夜鳥の十兵衛を迎え撃つ態勢を整えるべきかと思います」

「よし、奉行所全員で夜鳥一味に当たる。それから、町役人に注意を呼びかけよう。あまりにも過剰に不安を煽《あお》るのは拙《まず》いが」

町役人とは、一番上から町年寄、町名主、そして、家主、末端の自身番までを言い、奉行所とは密接なつながりを持っていた。奉行所からの通達は直ちに町年寄から自身番まで届くのだ。

長谷川四郎兵衛はすぐに立ち上がり、若い内与力に命じて、年番方の宇野清左衛門を呼びにやった。

剣一郎は宇野清左衛門と入れ違いに部屋を出た。

風烈廻り同心の礒島源太郎と只野平四郎を伴い、剣一郎は町に出た。

「よいか。これからは特に大店周辺に目を配るように。夜鳥の一味が下見をしている場合もあり得るからな」

五年前、剣一郎が夜鳥の一味が引き込み役の下男と連絡を取り合っているのを見たことが、一味を捕らえるきっかけになったのだ。

今回も、そのようなことが考えられるので、剣一郎はふたりに注意を与えたのだ。

日本橋を渡って、神田を抜けて、昌平橋を渡り、湯島聖堂の脇を通って本郷に向かった。この広い江戸のどの商家に狙いを定めているか。それを探るのは至難の業だ。だが、それをしなければならない。

五年前、夜鳥一味は頭の十兵衛とつむじ風の弥助以外、すべて捕縛されたのだ。とくに十兵衛のもう一人の右腕と呼ばれた伊那《いな》の卓三《たくぞう》と一刀流の遣《つか》い手寺尾八十郎《てらおはちじゆうろう》を失ったことが十兵衛には痛手だったに違いない。

だが、この五年で夜鳥は態勢を整えてきたのだ。伊那の卓三と寺尾八十郎に引けをとらない男が仲間に加わったはずだ。そうでなければ、これほど大胆に挑戦してこないだろう。

向島で襲って来た四人も尋常の遣い手ではなかった。常に落ち着いた動きを見せていた男がつむじ風の弥助だろう。

先日、届いた知らせでは、大坂、京では三年ほど前から押込みが続発していたという。おそらく、夜烏の十兵衛とつむじ風の弥助が中心となって盗みを働き、資金を稼いでいたに違いない。

その日、一日まわったが、特に変わったことはなかった。いや、変わったことを見つけること自体、不可能なことだ。五年前の幸運を期待するほうが間違っている。

その夜、夕餉のあとで、若党の勘助《かんすけ》や正助《しょうすけ》を呼び、剣一郎は夜烏の十兵衛のことを話した。

「この俺への恨みが、家族に向かうやもしれぬ。外出には必ずそのほうたちがついて行くように」

剣一郎は注意を与えた。

「わかりました」

「特に剣之助からは目を離さぬように」

剣一郎はそう言って、正助の顔を見た。

「先夜、剣之助は朝帰りをした。どうもひとりのような気がする」

剣一郎が言うと、

「えっ。真《まこと》でございますか。私には坂本さまといっしょだからついてこなくてもよいと仰いましたが」

　と、正助があわてて答えた。

「いや。おそらくひとりだ」

「そうでございましたか」

「これからは、必ず供をするように」

「申し訳ございません」

「そなたのせいではない。剣之助が悪いのだ」

　改めて、ふたりを見て、

「よいか。付近で不審な者を見たら、必ず知らせるように」

　勘助たちが引き下がったあと、多恵が植村京之進の来訪を知らせに来た。

「よし、通してくれ」

　若くして定町廻りに抜擢された腕利きだが、剣一郎に対してもっとも畏敬《いけい》の念を抱いているのだ。

「青柳さま。きょう、我ら三廻りの同心はお奉行に呼ばれ、夜鳥一味のことを伺いました」

　座敷で対座するなり、京之進は身を乗り出して話した。

「そこで、我らがまず何をすべきか、青柳さまの教えを乞うように同心仲間から請われ、私がやって来た次第であります」

同心たちで集まり、対策を練ったのであろう。

「いや。私がとやかく言うことはない。探索はそのほうたちのほうが専門だ。ただ、なんとしてでも、夜鳥が狙いを定めている場所の見当をつけたい。そのためには、これまで夜鳥の被害に遭った商家の場所、規模、特徴などを調べ上げておく必要があろう。ただし」

と、剣一郎は難しい顔で続けた。

「ただし、夜鳥は我々がそうやって狙い先を定めるであろうことを逆手にとってくる可能性もある」

「逆手に」

京之進が驚いたようにきき返す。

「そうだ。敵は奉行所に大胆にも挑戦してきたのだ。なみなみならぬ自信を持っているとみて間違いない。その自信のよりどころが何かを考えるのだ」

「はい」

「自分が夜鳥の十兵衛になったつもりで、どこを狙えばいいか。どうやって押し込めば、奉行所の鼻を明かせるか。それを考えるのだ」

「わかりました」

「それから、敵は奉行所を挑発しようと必ず何か仕掛けてくる。その機会をうまくとらえるのだ」

「はい」

京之進が興奮を抑えて引き上げたあと、剣一郎は剣之助を呼んだ。

剣一郎は立ち上がって、濡れ縁に出た。そして、庭下駄を履いた。

庭の奥に行く。藤が咲き始めている。

「お呼びでございましょうか」

剣之助が濡れ縁に腰を下ろして呼んだ。

「おう、来たか」

剣一郎は濡れ縁に戻り、剣之助の横に腰を下ろした。

「どうだ、役所のほうは？」

「はい。楽しくやらさせていただいています」

剣之助は目を逸らして答えた。

「最近、坂本時次郎とはどうなんだ？」

「どうなんだと仰いますと？」

「あまり遊んでいないようではないか」

「ええ」

剣之助は目を伏せた。が、すぐ顔を上げ、

「ちょっと時間が合わないみたいなんです」

と、答えた。

「そうか」

やはり剣之助は、自分から仲間外れになっているとは言えないようだ。多恵が言うように、これも剣之助の試練なのだ。自分で乗り越えるしかない。

「ところで」

と、剣一郎は話題を変えた。

「きのうは朝帰りだったな」

「申し訳ありません。つい、呑み過ぎて」

「およしという女のところか」

「はい」

「およしが好きなのか」

「心が落ち着きます。いろいろ、忠告をしていただきます」

「そうか。姉のような存在なのかもしれないな」

「そうかもしれません」

長男であることが、剣之助の心を圧迫しているのかもしれない。そんな抑圧された心をおよしが解き放ってくれるのだろう。

「おまえも耳にしていると思うが、夜鳥の十兵衛一味が何か企んでいる」

「お聞きしました。五年前の復讐をしようとしているということですが」

剣之助は緊張した声で言った。

「そうだ。特に、父に対して恨みを持っている。その恨みをどのようにぶつけてくるかもしれない。剣之助も十分に気をつけて、ひとりでの外出は控えるように。出かける際には必ず正助を連れて行け。よいな」

「はい」

力なく、剣之助は答えた。

「そういえば、木内清十朗の様子はどうだ」

剣一郎はさりげなくきいた。

剣之助の目が一瞬細かく動いた。動揺したようだ。木内清十朗に何かあったのか。

「どうした？」

「いえ、木内さまのことは知りません」

剣之助はきっぱり答えた。だが、どこか声に力がないように思えた。

「剣之助。何かあったら、遠慮なく父に言うのだ。わかったな」

「はい」

「よし。早く休め」

剣之助が引き上げたあと、多恵がやって来た。

「剣之助は何か悩みを抱えているようですね」

「そう思うか」

「はい。でも、こちらから口出しはしないほうがよろしいかと思います。まだ、あの子の気力は落ちていませんもの」

「そなたがそういうのであれば、まだだいじょうぶなのだろう」

だが、さっきの剣之助の態度では自分のことより、木内清十朗のことで動揺を見せた。

木内清十朗に何かあったのだろうか。

「場合によっては、また、文七《ぶんしち》に助けてもらうか」

剣一郎は呟くように言った。

二

奉行所の裏庭にある枝垂《しだ》れ柳の葉が青々としてきた。

当番所にきょうは工藤兵助が詰めており、朝から訴人の対応に忙殺されていた。

しばらく脇に畏《かしこ》まっていたが、見習いの出番はないようなので、剣之助は立ち上がった。そして、部屋に戻ろうとしたとき、木内清十朗が庭に出て行くのを見た。

あとをつけるつもりではなかったが、清十朗が辺りに目を配った感じがしたので、剣之助は気になった。

清十朗が庭に出たあとで、剣之助も下りてみた。

清十朗は作事小屋をまわって表門のほうに向かった。どこへ行くのかと思っていると、同心詰所の前で立ち止まった。

そして、少し迷っていたようだが、同心詰所に入って行った。

剣之助は三日前に洲崎の海岸で死体で発見された男のことを思い出した。清十朗はその事件が気になっているのではないだろうか。

やはり、殺された男は清十朗と言い争っていた男ではなかったか。だとすれば、いったい、あの男は何者なのだろう。

清十朗があの男を殺したとは思えない。いや思いたくない。だが、なぜ、清十朗は同心詰所に顔を出すのだろうか。

剣之助は部屋に戻った。

坂本時次郎とすれ違ったが、時次郎は伏目がちに通って行った。時次郎のことは胸が痛むが、今は清十朗のことに心が向いていた。

あの男を殺した下手人はまだ見つかっていないようだ。いったい、清十朗は同心詰所になにをしに行ったのか。

その夕方、剣之助は奉行所から戻ると、同心の植村京之進の屋敷を訪れた。まだ戻っていないと聞いて、剣之助は屋敷の木戸門の前で待った。

辺りが暗くなり、今夜は遅いかもしれないと諦めかけたとき、小者を引きつれて京之進が帰って来た。

剣之助は数歩、京之進に近づいた。

「おや。剣之助どのではないですか」

京之進が訝《いぶか》しげにきいた。

「どうしましたか。こんなところで」

「はい。京之進さまにお伺いしたいことがあってお待ちしておりました」

「そうですか。入りましょう」

京之進は中に招じた。

京之進がさっさと木戸門を入った。

「ここで。すぐお暇《いとま》しますから」

木戸門を入ったところで、剣之助は立ち止まった。

「そうですか。で、なんでしょうか、ききたいこととは？」

京之進は澄んだ目を向けた。

「三日前、洲崎海岸で死骸で見つかった男のことです。身元はわかったのでしょうか」

「私の受持ちではないので、詳しいことはわかりませんが、殺されたのは貞八《さだはち》というやくざ者だそうです」

「やくざ者……」

間違いない。清十朗と言い合っていた男も同じ印象だった。

「下手人はわかったのでしょうか」

「いや。まだ、わからないようです。ただ、貞八という男は、近くの遊女屋の娼妓の間夫だったようす」

「間夫？　近くの遊女屋というのは？」

「『三升家』です。そこにいるお紺という娼妓の間夫だったそうです」

覚えず、剣之助は叫び声を上げそうになった。

「今、お紺の客を調べているようですが……」

「客を？」

剣之助の心の臓が激しく鼓動した。

「客の中に、下手人がいるのでしょうか」

「さあ、どうでしょうか」

京之進が不審そうな顔を向け、

「剣之助どの。いったい、この事件にどんな関わりが?」

「はい」

剣之助は迷いながら、

「じつはお恥ずかしい話なんですが、死体が見つかる前の夜、私は佃町におりました」

「佃町に?」

京之進の目に蔑《さげす》みの色が一瞬浮かんだ。

「お父上はご存じなのですか」

「はあ」

知っているとは言えないので、曖昧《あいまい》にしていると、

「わかりました。このことは私も黙っていましょう。でも、あのような場所に出入りしていることをお父上がお知りになったらいかが思われるでしょうか」

暗にもう行くのはやめなさいと忠告しているのであった。

「剣之助どの。まさか、『三升家』ではないでしょうね」

「いえ。違います」

「そうですか」

京之進はほっとしたように言い、

「お紺なる者の馴染みでしたら、当然、剣之助どのの名前も出てしまいますからね」

京之進は顔を強張《こわば》らせた剣之助に苦笑しながら、

「剣之助どの。関係なければ、もうよろしいでしょう」

京之進が何か言ったようだが、剣之助は聞いていなかった。

「では、剣之助どの。よろしいでしょうか」

もう一度言われ、剣之助ははっと我に返った。

「あっ、申し訳ございませんでした」

玄関に向かう京之進に一礼し、剣之助は我が家に帰った。

すぐに自分の部屋に閉じ籠《こ》もり、清十朗のことを考えた。

お紺をめぐっての揉め事だとしたら、当然お紺の客の中に下手人がいる。そして、その客の名は店の者やお紺自身から聞き出しているに違いない。

では、木内清十朗の名は出たのか。

奉行所内には、そのような雰囲気はない。もし、清十朗の名が出たのなら、清十朗は事情をきかれるはずだ。そうした気配はなかった。

なぜ、清十朗の名前が出ないのか。お紺という女が黙っているのか。その可能性はある。だが、『三升家』の亭主や女将が隠す理由はない。

だとすると清十朗は、名を偽って『三升家』に上がっていたのだ。お紺も、清十朗の本名を知らないので、岡っ引きの調べに清十朗の名が浮かんで来ないのだろう。

しかしどんなことから清十朗のことが明るみに出るかわからない。それより、お紺の間夫を殺したのは誰なのだろうか。

あの夜、清十朗は『三升家』を出てから洲崎弁天社に向かった。そこで、誰かを待っていたのだ。

お紺に違いない。だが、そこにやって来たのはお紺の間夫だった。そこで、何か言い合っていたのだ。

翌日、奉行所内は夜鳥の十兵衛の探索のためか、同心たちの出入りも激しく、誰もがぴりぴりしているような雰囲気があった。

剣之助は雑用をしながら木内清十朗の様子を窺《うかが》った。清十朗は文机に向かい、熱心に書き物をしていた。

特に変わった様子は見られなかった。立ち騒ぐ周囲をよそに、清十朗だけが落ち着いているようだった。

そんな清十朗を口許を歪《ゆが》めて見ている男がいた。工藤兵助だった。

その後、剣之助は他の掛かりのつとめに時間をとられ、ようやく当番与力の詰所に戻って来ると、部屋の中に異様な雰囲気が漂っていた。

その理由はすぐにわかった。工藤兵助と清十朗が立ったまま睨《にら》み合っていたのだ。

工藤兵助が清十朗に何か言いかけたが、清十朗は無言で工藤兵助を睨み返す。いままでなら、清十朗は怯《おび》えた目で立ちすくんでいたのだが、きょうは様子が違った。

清十朗は黙って工藤兵助を見ている。やがて、工藤兵助が先に目を逸らした。他の者も顔を戻した。

清十朗は一同の者にゆっくり目をくれた。剣之助は清十朗の顔を見てあっと思った。目が据わっているのだ。尋常ではない。

清十朗は黙って部屋を出て行った。

剣之助はさりげなく廊下に出た。案の定、清十朗は庭に出ようとしていた。また、同心詰所に行くようだった。

背中に冷たいものを浴びせられたように、剣之助は茫然と立っていた。

三

朝から雨が降っていた。雨粒が屋根に音を立てて当たっている。

深川佃町にある『三升家』に、きょうも八幡鐘《はちまんがね》の繁蔵《しげぞう》がやって来ていた。

深川一帯を縄張りにしている繁蔵は南町定町廻り同心の川村有太郎から手札をもらっている岡っ引きで、八幡さまの近くに住んでいることから、八幡鐘の繁蔵と呼ばれていた。

四十絡《がら》みの細身の男で、突き出た頬骨《ほおぼね》に尖《とが》った顎《あご》が不気味な顔にしている。

お紺はその繁蔵に呼び出された。

「何度も呼び出してすまねえな。これも、おめえの大事な男を殺した奴を捕まえるためだ。勘弁しな」

押し殺したような低い声だ。

「はい」

お紺は窶《やつ》れた顔で頷く。

「おめえに入れ込んでいた客、なんといったかな。ほら、二十そこその若いお侍だ」

繁蔵は知っていてわざととぼけているのだ。そのことが、不気味だった。

「木戸《きど》さまでございますか」

お紺は窺うように上目遣いをした。

「おう、そうだった。木戸清太郎《せいたろう》という名だったな」

清十朗のことは店の者も知っているが、清十朗はここでは木戸清太郎と名乗っていた。

清十朗という名を知っているのはお紺だけだ。

「あれから来るかえ」

「いえ」

「来ていないのか」

「はい」

「どうしてなんだろうな。あの事件のあった日にやって来たきりで、それからぷっつりと顔を出さなくなったってわけだな」

「親分さん。木戸さまに何か疑いが？」

貞八が殺された夜を最後に、ぷっつり木内清十朗は姿を見せなくなった。まさか、という不安がお紺を苦しめている。

「あの夜、貞八はここにやって来た。だが、すぐに飛び出して行った。そうだったな」

繁蔵はお紺の問いかけに答えず、貞八のことをきいた。

「その前に、その木戸清太郎が来ていたんだな」

あの夜、清十朗は来たときから何だか神経が昂《たかぶ》っていた。半刻（一時間）足らずで、清十朗は何も言わずに店を出た。それからしばらくして貞八がやって来たのだ。

貞八はいきなりお紺の頬を平手で打った。俺から逃れようとしたって、俺が許さねえからと叫び、あの男におとしまえをつけて来ると言って、すぐに飛び出して行った。

清十朗と貞八との間に何かあったことは明白だった。たぶん、清十朗は貞八から自分を救おうと、貞八に話をつけようとしたに違いない。

貞八という間夫はやくざ者で、自分が稼いだものは全部吸い取られている。この男のために自分の一生はめちゃめちゃなんだと、清十朗に話したことがあった。

清十朗は貞八にお紺と別れてくれと頼んだに違いない。だが、そんなことを素直に聞き入れるような男ではない、貞八は。

ふたりはあの夜、ここを出て行ったきり、二度と現れることはなかった。貞八は死体で見つかったが、清十朗は顔を出さない。

貞八を殺したのは清十朗だろう。清十朗が貞八からお紺を解放してくれた。だが、清十朗まで失っては何の意味もない。

お紺は何度も涙ぐみそうになった。

「親分。そのことが木戸さまと何か関係が？」

お紺は不安を抑えながらきいた。

「じつはな、ここに来る前の貞八の行動がわかったんだ」

お紺は生唾を呑み込んだ。

「あの夜、貞八は仙台堀《せんだいぼり》沿いにある料理屋の奥座敷で手慰《てなぐさ》みをしていた。そこに、遊び人ふうの男が近づいて何か耳打ちした。すると、貞八は博打《ばくち》場から飛び出して行ったというのだ」

お紺は膝においた手を強く握りしめた。

「なぜ、今頃、そのことがわかったかというと、盆を囲んでいる者たちの口が固くてな。賭博とは関係ないと納得させて、ようやく聞き出したってわけだ」

繁蔵はじっとお紺の目を覗き込んだ。

「貞八は何を聞いて、あんなにあわててここにやって来たのだ？」

「わかりません」

「ここに駆け込んできて、おめえにそのことを確かめたはずだ。違うか」

繁蔵はぐっと顔を近づけた。

お紺は顔を逸らし、

「何か喚《わめ》いていましたけど、なんだかよくわかりませんでした」

「そうかえ。まあ、いいや」

繁蔵が口許を歪《ゆが》め、

「ここを飛び出した貞八が向かったのは洲崎弁天社だ」

そうなのだ。あの夜、清十朗は貞八を洲崎弁天社に呼び出したのに違いない。

「洲崎弁天社の料理屋の板前が、常夜灯の傍《そば》で言い合っていたふたりの男を覚えていたんだ。ひとりは侍で、もうひとりは町人だった。その町人ってのがどうやら貞八らしい」

お紺は息を呑んだ。

「その侍というのが木戸清太郎だ」

繁蔵はお紺を睨み、

「それから、ふたりはここに来たのかえ」

あの夜、お紺は清十朗が再びやって来るのを待っていたのだ。だが、清十朗は来ず、貞八も現れなかった。

「そうだろうな。その頃、貞八は殺されたんだ」

ほんとうに清十朗が殺したのだろうか。お紺でさえも、清十朗の仕業に間違いないように思えてきた。

「こう考えれば、もう察しがつくだろう。木戸って侍に貞八殺しの疑いがかかっているのだ」

お紺は目眩《めまい》がして揺れた体を畳に手をついて支えた。

繁蔵は冷笑を浮かべ、

「おい、お紺。木戸清太郎ってのはほんとうの名前じゃあるめえ。どうなんだ」

「私は知りません」

「ほんとうかえ。おめえたちはいつかいっしょに逃げようとしたんじゃねえのか。おめえを足抜けさせ、ふたりでどこかへ逃げる。そういう算段だったはずだ。だから、貞八は驚いて賭場を飛び出したんだ」

「違います」

「しらばっくれるな。賭場で遊び人ふうの男が貞八に耳打ちしたとき、隣にいた客が足抜けという言葉を聞いていたんだ」

「それは何かの間違いです。それでしたら、荷物もぜんぶまとめて準備していなくちゃなりません。私がそんな支度をしていなかったことは、女将《おかみ》さんに聞いてもらえればわかります」

「着の身着のままで逃げ出すつもりだったのかもしれねえ」

「違います」

「まあ、そんなことはどうでもいい。いずれにしろ、おめえは木戸清太郎のことを詳しく知っているはずだ」

「いえ、知りません」

「まあ、庇《かば》いたい気持ちはわかるが、いつまでも隠し果《おお》せるものじゃない。いいか、もし、木戸清太郎が現れたら知らせるんだ。いいな」

繁蔵は引き上げて行った。

お紺は窓から降りしきる雨脚を見ていた。かなたにある武家屋敷の土塀が雨に霞《かす》み、天気のよい日にはその姿を見せる富士も今は灰色の空に塗りつぶされていた。

木戸清太郎、いや木内清十朗は奉行所でつらい目にあっていた。生きていても楽しくない。嫌がらせの張本人の工藤兵助を殺して自分も死のうかと思ったが、それを思い止まったのはお紺のことを思い出したからだ。清十朗はそう言ってくれたのだ。

この先に幸せが待っていないのは清十朗以上に、お紺のほうが切実だった。稼いだ金も貞八に皆持っていかれてしまう。貞八のようなやくざな男に引っかかったのが不運だった。貞八がついている限り、この苦界《くがい》から抜け出すことは無理だ。歳をとって客がつかなくなってから紙屑のように棄てられる。そういう自分の一生は目に見えている。

そんなとき、清十朗がふいに言った。別れてくれるように貞八に頼んでみる、と。もし、貞八が不承知なら、ふたりで遠い場所に逃げよう。そういう話をしていたのだ。

でも、まさか、清十朗がそれを本気で実行するとは思わなかった。清十朗といっしょに足抜けして違う場所で暮らす。そういう想像をして、自らを慰めていたのだ。

でも、本当に実行するとは思わなかった。というのは、清十朗は貞八の住まいすら知らないはずだったからだ。

貞八と連絡をとろうにもとりようがない。どうやって、清十朗は貞八の住まいを知ったのか。

繁蔵は話の中で、気になることを言っていた。

「あの夜、貞八は仙台堀沿いにある料理屋の奥座敷で手慰みをしていた。そこに、遊び人ふうの男が近づいて何か耳打ちした。すると、貞八は博打場から飛び出して行った……」

遊び人ふうの男とは誰なのだ。

お紺が気になっている男がいる。本所で紅・白粉《おしろい》問屋をやっているという金兵衛《きんべえ》という男だ。

金兵衛は一月《ひとつき》ほど前からお紺の客になった男だ。下膨れの愛敬のある顔立ちだが、細い目は冷酷《れいこく》そうな感じがする。

金兵衛は三日にあげずにやって来て、すっかりお紺の馴染みになった。

清十朗と何度も鉢合わせしたことがある。証拠はないが、貞八に知らせたのは金兵衛に頼まれた男のような気がしている。

金兵衛のことは話してあるが、繁蔵はなにも言わない。貞八は刀で斬られているので、はじめから清十朗を疑っているのだ。

お紺がぼんやり窓を眺めていると、朋輩《ほうばい》がそっと近づいて来た。

「お紺さん。今、これを近所の子どもが」

そう言って、文を寄越した。

朋輩が去ったあと、お紺は動悸を抑えながら文を開いた。

「稲荷《いなり》で待つ、清」とあった。

清十朗からだと、お紺は胸を弾《はず》ませた。

すぐに裏口から飛び出し、傘《からかさ》を差して、近くの稲荷社に向かった。

小さな祠《ほこら》の稲荷社の裏手に、手拭いで顔を隠した清十朗が待っていた。その手拭いも着物も雨に濡れていた。

「お紺さん。よく出て来てくれた」

清十朗はお紺の手を握った。

はじめて清十朗がお紺の客になったのは三月《みつき》ほど前のことだった。土間で客待ちしていると、若い侍が通り掛かった。

身形《みなり》もちゃんとし、このような場所に来るような身分ではないと思いながら、お紺はその若い侍を見つめた。すると、その若い侍は何を思ったのか、つかつかと近寄って来た。

「いいんですか」

土間に入って来た若い侍に、お紺は確かめたほどだった。

座敷に上がってもほとんど口をきかず、お紺は相手をするのに苦労した。

引き上げるときは、一回こっきりで二度目はないと思いつつ送り出した。ところが、日が経つうちに、妙に若い侍のことが気になってきた。もう二度と会うことはないのに、とそのたびに寂しくため息をついたものだ。

だが、それから五日後に、何の気まぐれなのか、またその若い侍がやって来て、お紺の客になった。

そのとき、木戸清太郎と名乗ったが、その後しばらくして、八丁堀与力の木内清十朗だと打ち明けたのだ。

「心配しました」

お紺は清十朗にしがみついた。濡れるのも構わなかった。

「私じゃないんだ。貞八を殺《や》ったのは私ではない」

「わかっています」

「貞八に別れてくれと頼んだ。だが、貞八は二度とお紺さんが妙な考えを持たないようにとっちめて来ると言い、『三升家』に戻ろうとした。だから、私は追いかけて……」

清十朗は声を震わせ、

「でも、私は……」

「わかっています。清十朗さんがひと殺しをするようなひとじゃないって。でも、さっきも繁蔵という岡っ引きが来たの。繁蔵は木戸清太郎のほんとうの名を教えろと言っていたわ。繁蔵は清十朗さまを疑っています」

「そうか」

清十朗は歯嚙《が》みをし、

「お紺さん。落ち着いたら、また来る。それまで待っていてくれ」

「はい。清十朗さまも気をつけて」

清十朗は身を翻《ひるがえ》して去って行った。

清十朗が雨の暗がりに消えたのをみとどけてから、お紺は店に戻った。清十朗の温もりがまだ手に残っていた。

四

雨は翌朝まで続いた。

髪結いが来た頃には雨は上がっていて、剣一郎が出仕するときには青空が覗《のぞ》き、陽射しも温かくなった。

どこぞで押込みがあったという知らせが奉行所に入っているのではないかと、毎朝、出仕するまで不安でならなかった。

同心詰所に寄って報告を聞いたが、今のところ、夜烏一味が動いた形跡はなかった。

きょうもまた、若い風烈廻りの同心を連れ、剣一郎は町廻りに出た。今や、本来の仕事ではなく、夜烏一味の手掛かりを求めての見廻りになっていた。

日本橋から神田、本郷、そして湯島に出て、下谷広小路《したやひろこうじ》から山下を過ぎて浅草方面に折れ、下谷広徳寺《こうとくじ》前に差しかかったときだ。

山門から紙屑買いの男が出て来た。股引《ももひ》きに尻端折り、背中に籠《かご》を担いでいる。何気なく、その男の足の運びを見て、剣一郎はおやっと思った。

水たまりを軽く足をまたいで避けたが、籠がまったく動かない。腰が据わり、足は摺り

足で、上半身は微動だにしないからだ。食いっぱぐれた武士が紙屑買いをしていることもあり得ない
ことではないが、剣一郎は気になった。

「礒島、只野」

呼びかけると、すぐに礒島源太郎と只野平四郎が横にやって来た。

「前を行く紙屑買いの男の足の運びを見ろ」

剣一郎が小声で言う。

「ただ者ではありませんね」

礒島源太郎が緊張した声で言った。

「只野。俺たちはこのままあとをつける。そこの自身番に寄り、手伝いを寄越すように手
配してくれ」

はっと、只野平四郎は角に来たときに、さっと離れて自身番に向かった。

「どうも奴は先日の男の後ろ姿に似ているように思えます」

礒島が言う。

「つむじ風の弥助か」

「はい」

まさか、そんなにうまく夜鳥の一味と巡りあえたとは思えないが、身元を確かめておく

べきだと思った。

紙屑買いは稲荷《いなり》町から東本願寺《ひがしほんがんじ》の門跡前を通り、田原《たわら》町の角を左に曲がった。

紙屑買いは浅草広小路のほうに曲がらず、まっすぐに浅草寺境内の脇の道を行った。

人通りの少ない道に入ると、尾行を見破られる可能性がある。与力がその道を行くのもおかしい。

迷っていると、托鉢《たくはつ》僧が近寄って来た。

「青柳さま。作田新兵衛《さくたしんべえ》でございます。あの者をつけているご様子」

笠を上げて、托鉢僧が言う。

「おう。作田どの」

隠密廻りの同心だった。

隠密廻り同心はたいがい変装して町を歩き回っている。

「夜鳥の一味のつむじ風の弥助かもしれない。隠れ家を見届けたいのだ」

「わかりました。あとはお任せを」

作田新兵衛は自信ありげに答えた。

「俺は田原町の自身番で待っている」

「はっ」

托鉢僧の作田新兵衛はすぐに紙屑買いのあとを追った。

しばらくして、只野平四郎が下谷、浅草界隈《かいわい》を縄張りにしている岡っ引きと手下を連れてやって来た。

「道々事情は伺いました」

「ごくろう。今、隠密廻りの作田新兵衛があとをつけている。托鉢僧の格好だ。すぐ追って応援してくれ」

「わかりやした」

「くれぐれも気取《けど》られぬように」

「はい」

岡っ引きと手下も浅草寺の脇道に向かった。

それから半刻（一時間）後、剣一郎が待機していた自身番に定町廻りの植村京之進が駆けつけ、さらに同心の川村有太郎もやって来た。

「つむじ風の弥助が現れたそうですね」

走って来たのだろう、京之進が息を弾ませて言う。

「まだわからぬが、ただ者ではないことは確かだ」

そこに、隠密廻りの作田新兵衛が息せき切ってやって来た。

「どうだった？」

待ちかねて剣一郎はきいた。

「隠れ家を突き止めました。浅草田《た》町二丁目の袖すり稲荷近くにある一軒家です」

今は岡っ引きと手下が見張っているという。

「つむじ風の弥助かどうか、残念ながらわかりません。が、あの家には何人かの男がいるようです」

「京之進は弥助の顔を知っているのか」

剣一郎は京之進にきく。

「いえ、誰も知らないのです。火盗改めにもいないと思います。ただひとり知っていた密偵はすでに殺されました」

「そうか。つむじ風の弥助を誰も知らないのか」

剣一郎は嘆息をし、腕組みをした。

すると、川村有太郎が思い出したように、

「そうだ、思い出しました。野州《やす》の鉄《てつ》という盗人が、確かつむじ風の弥助と若い頃つるんでいたはずです」

「野州の鉄？」

「はい。数人で盗み働きをしていた男です。去年、捕まり、八丈《はちじょう》送りと決まりましたが、まだ出帆《しゅっぱん》待ちで牢内にいるはずです」

「よし。その男の手を借りるんだ」

「はい」

「強引に踏み込んで捕らえるという手があるが、それでは夜鳥の十兵衛を逃がしてしまう。望ましいのは、一味が会しているときに踏み込むことだ」

剣一郎は腕組みを解いた。

「とりあえず、そこを交替で見張るのだ。何か動きがあれば、すぐに連絡する態勢を整えておく」

あとの手配りは植村京之進らに任せ、剣一郎は帰途についた。


翌日、京之進からの報告が奉行所に届いた。

今朝、手続きを踏んで、野州の鉄を牢内から出し、浅草田町二丁目の隠れ家で見張らしていたところ、出て来た男を見て、つむじ風の弥助に間違いないと答えたという。

つむじ風の弥助は眉毛が薄く、のっぺりした顔だといい、まさにそのとおりの顔立ちだった。

奉行所内は色めき立った。

さらに、報告がやって来た。続々と手下らしき男が集まって来ているという。中に浪人者が何人かいるという。

昼前に、新しい報告が入った。

夜鳥の十兵衛らしき恰幅のよい男が隠れ家にいるのを認めたというものであった。

その報告を受けて、お奉行は北町奉行所に出向いた。北町のお奉行と協議するためだ。

半刻余り後、お奉行が戻って来た。

そして、一味を一網打尽にすべく出役《しゅつやく》命令が下った。

捕物出役は当番方与力が検使を務め、実際の捕縛は同心の役目である。

植村京之進と川村有太郎らも鎖帷子《くさりかたびら》、鎖鉢巻き、籠手、臑《すね》当てという出役の格好で、出役の同心十名と、そして検使与力として当番方の工藤兵助が野袴に火事羽織という格好になった。

それから、京之進たちをはじめ出役する同心と工藤兵助らは奉行に呼ばれ、出陣の水盃をもらった。

こうして、南町奉行所の捕物出役は奉行所の表門を足音を鳴らして出て行った。

現場近くで、北町奉行所からの捕物出役と落ち合い、手分けをして隠れ家に踏み込むのだ。総勢は同心二十名以上の大捕物になろう。

剣一郎は出役の一行を見送ったあと、妙に落ち着かない気分になっていた。これは、五年前と同じような状況ではないか。

五年前は、引き込み役と連絡をとった男から犯行を嗅ぎ当てて待ち伏せしたのだが、偶然に町であやしい人間を見かけたということがきっかけになっている点では同じだ。

夜烏の十兵衛ともあろうものが同じ失態を続けてするだろうか。万全の態勢を整えて奉行所に挑戦していると思われる一味のやることではない。

（まさか）

我らは翻弄《ほんろう》されている。剣一郎は総毛立つ思いがした。

五

剣之助もまた、捕物出役がものものしく表門から出陣して行ったのを見送った。検使与力の工藤兵助が緊張した顔だったのは、夜烏の十兵衛一味の大捕物という重圧があるのかもしれない。

だが、剣之助はさっきから木内清十朗の様子が気になっていた。出役命令が下ったあと、清十朗はそっと奉行所を抜け出したのだ。奉行所の中は騒然としており、清十朗の行動に注意を向けるものは誰もいなかった。

剣之助は清十朗のあとをつけた。

清十朗は数寄屋橋御門を抜け、お堀沿いをしばらく北に向かった。

松の樹の陰に身を隠しながらつけて行くと、やがて清十朗が立ち止まった。そして、辺りを見回していた。

すると、風呂敷の荷を背負った小間物屋ふうの男が、清十朗に近づいて行った。清十朗は何か話している。そのうちに清十朗は踵《きびす》を返した。と、同時に小間物屋の男も足早に去って行った。

すぐにでも小間物屋を追って行きたかったが、今飛び出しては清十朗に見つかってしまうのでじっとしているしかなかった。

清十朗をやり過ごしてから、改めて松の木陰から飛び出たが、とうに小間物屋の男の姿は見えなくなっていた。

剣之助が奉行所に戻ると、清十朗は当番方の部屋でじっとしていた。

出役が出て行ってから一刻（二時間）以上が経過した。奉行所の庭にも夜の帳《とばり》が下りている。

皆、帰らず残っている。やはり、結果が気になるのだろう。

清十朗もずっと文机に向かったまま微動だにしない。その青ざめた顔を見て、さっきの小間物屋の男とのことが蘇った。

「剣之助」

父がやって来た。

「先に帰っておれ」

「いいえ。たとえ、与力見習いといっても私も与力。結果が気になります」

剣之助は決然たる態度で、まだ残ると言った。

「いや。捕物出役が現場に踏みこむまで、まだ間がある。結果がわかるまであと一刻以上はかかるだろう。先に帰っていなさい」

「ですが」

剣之助はじつは捕物出役の結果より、清十朗のことが気になっていたのだ。

「よいな」

「わかりました」

剣之助が引き上げるとき、木内清十朗は玄関横の当番所に座っていた。奉行所は夜でも駆け込み訴えを受けつける。今夜、清十朗は宿直《とのい》のようだった。

いったん組屋敷に戻った剣之助だが、「やはり御番所のことが気になりますので、様子を見てきたいと思います」と母に断り、再び出かけた。

すぐに正助が傍にやって来た。

「お供いたします」

父に命じられているのだろう。忠義者の正助は断っても引き下がりそうもないほどの強い意思を目に込めていた。

剣之助は何も言わずに、さっさと歩き出した。

剣之助が亀島《かめじま》川のほうに曲がると、正助があわてて、

「ご番所に行くのではないのですか」

と、行く手を塞《ふさ》ぐようにまわり込んできいた。

「黙ってついてくればいい」

剣之助は正助の脇を足早にすり抜けた。

正助がすぐ背後についてくる。

剣之助は永代橋を渡り、一の鳥居を潜って遊客で賑わう町を抜け、八幡宮の門前の角を曲がった。

「剣之助さま。どこに」

正助が焦《あせ》った声できいた。

「心配するな」

剣之助は蓬莱橋を渡った。

職人体の男が前を歩いていた。その男は途中にある店に入って行った。

剣之助は軒行灯が黄色っぽい灯を放っている『三升家』に向かった。

「剣之助さま。まさか、ここで遊ぶつもりでは」

正助が目を丸くしている。

「違う。ひとに会って来る」

「ひとって言ったって、娼妓でしょう」

正助を残して、『三升家』の狭い土間に入った。

「お紺さんはおられますか」

客待ちしている女に訊ねた。

「あら、あたしでいいでしょう」

小肥りの女がしなを作って、剣之助の腕を掴んだ。

それを振り払い、

「お紺さんだ」

と、もう一度言った。

お紺がここにいないのは、今客をとっているからであろう。今夜、清十朗は宿直であり、鉢合わせの心配はない。

すると、遣り手婆が出て来て、

「お紺はもうここにはおりません」

と、剣之助の全身を舐め回すようにして言った。

「いない？」

剣之助は耳を疑った。

「どうしたのですか」

「心配ない」

「あるお方に身請《みう》けされていきました」

「身請け」

覚えず、剣之助は素《す》っ頓狂《とんきょう》な声を出した。

一瞬、木内清十朗かと思ったが、そんなはずはない。

「いったい、どなたに？」

「もう堅気《かたぎ》になったのです。うちとは関係ありません」

誰に身請けされたか言うことは出来ないと言っているのだ。

「お紺より若い妓がおります。さあ、お上がりなさい」

「いえ、失礼しました」

剣之助は『三升家』を飛び出した。

路地の暗がりで、正助が待っていた。

「早かったんですね」

正助がほっとしたように言う。

「相手がいなかったんだ」

そう言って、剣之助はおよしのいる『和田屋』のほうを見たが、きょうはそんな気になれなかった。

「帰ろう」

剣之助は蓬萊橋を渡った。

橋を渡り切ったところで、後ろから声をかけられた。

「ちょいとお待ちを」

振り返ると、紺の股引きに尻端折りをし、羽織を着た男が近づいて来た。岡っ引きのようだ。

「あっしは南町の旦那から手札をいただいている八幡鐘の繁蔵って言いやす。ちょっと、お話を聞かせちゃくれませんか」

「なんでしょうか」

柳の木の傍に移動してから、繁蔵が切り出した。

「お侍さんはさきほど『三升家』でお紺という娼妓のことをきいておりやしたね」

あのとき、この岡っ引きは『三升家』にいたに違いない。今さら、しらばっくれるのは無理だった。

「それがどうかしましたか」

剣之助は内心の動揺を抑えながらきき返した。

「お紺とはどういうご関係で？」

繁蔵が目を光らせた。

「知り合いからお紺さんの話を聞いて、一度会いたいと思っていたのです」

「その知り合いって言うのはどなたなんですね」

繁蔵はねちっこくきく。

「それはわけあって言うことは出来ません」

「ほう。そのわけっていうのは何ですね」

「それも言うわけにはいきません」

剣之助がきっぱり言うと、繁蔵が口許に冷笑を浮かべた。

「お侍さん。あっしは伊達《だて》や酔狂で声をかけたんじゃありませんぜ。これも御用の内だ。素直にきかれたことは話した方が身のためですぜ」

繁蔵は剣之助、正助が若いのをみて、強気に出たのだ。

「失礼じゃないですか」

脇で黙って聞いていた正助が繁蔵の前に出た。

「なんだと?」

繁蔵は顔を歪め、

「俺は御用を承《うけたまわ》っているんだ。半月ほど前に、お紺の間夫が殺された。それを調べているんだ」

「じゃあ、あなたは川村有太郎どのから手札をいただいているのですね」

「なんだと。おまえさんはいったい……」

繁蔵は不思議そうな顔つきになった。

「申し遅れました。私は八丁堀与力、青柳剣一郎の伜で剣之助と申します」

「青痣与力の」

繁蔵が一歩体を退いて腰を屈めた。

「お見逸《みそ》れしやした。これはとんだご無礼を」

いったん恐縮はしたように見えた繁蔵だが、すぐに、

「その剣之助さまがどうしてお紺のことを？」

と、もう一度きいてきた。

「じつは、私の仲間から、『三升家』のお紺といういい妓がいるから行ってみろと言われたんです。その仲間というのが同じ八丁堀の者なので名を出すわけにはいかないのです。私とて、父には内緒でここにやって来ているのですから」

「そうですか」

素直に引き下がったが、決して繁蔵が今の説明で納得していないことはわかった。

「わかっていただけたら、これで失礼させていただきます」

剣之助は繁蔵から離れた。

途中で振り返ると、繁蔵はまだこっちを見ていた。

あの様子では、木内清十朗のことはまだ気づかれていないようだ。だが、いったい、お

紺を身請けしたのは誰なのだ。

よほど引き返し、繁蔵にきいてみようかと思ったが、よけいに勘繰られかねない。

再び永代橋を渡って、南茅場《かやば》町に差しかかったとき、前方が何やら騒々しい。この先に大番屋がある。

「正助、行くぞ」

剣之助は大番屋に向かって駆け出した。

あわてて正助も追ってくる。

大番屋の前で提灯の明かりが幾つも揺れている。

あっと叫び、剣之助は興奮した。続々と捕物出役して行った捕り方たちが戻って来たところだ。その一行の中に腰縄を打たれた遊び人ふうの男たちが数人いた。

夜鳥の一味に違いない。うまく行ったのだと、剣之助は感動に身体を震わせた。

と同時に、夜鳥一味の件で父の焦燥《しょうそう》を間近に見ているだけに、剣之助は胸を撫で下ろした。

一味が大番屋に連れ込まれたのを見届けてから、剣之助はようやく屋敷に引き上げた。

深川に行ったことを糊塗《こと》するために、帰宅すると、母に捕物出役は無事役目を果たされたようですと告げた。

その夜遅くなっても父は帰って来なかった。

夜半より風が出て来た。外で桶が転がっているような音がした。

夜鳥一味の取調べに、父は手伝いを命じられたのかもしれないと思った。そう思いながら、うとうととしかかってはすぐに目が覚めた。

相変わらず風が強い。唸り音が、剣之助を不安にした。

いつ寝入ったのかわからないまま、朝を迎えた。

厠《かわや》に行き、顔を洗ってから、父に挨拶に行ったが、父の姿はなかった。ゆうべ帰らなかったという。

「きょうは、そのまま奉行所で過ごすそうです」

母が落ち着いた声で言う。

おかしいと、剣之助は心の臓の鼓動が激しくなった。

取調べは父の役目ではない。夜鳥の一味を捕まえれば、もう父の手を離れていいはずだ。何か起こった、としか考えられなかった。

朝食を済ますと、剣之助は出かける支度をした。

「おや。きょうは非番なのではありませぬか」

母が不審そうにきいた。

「父の様子を見てきます」

剣之助は正助を伴い奉行所に向かった。

大番屋に行っても、剣之助は追い払われるだけだ。

数寄屋橋御門を抜け、駆け込むように奉行所に飛び込んだ。

当番部屋に行くと、皆疲れたような表情をしていた。

「ゆうべの成果はいかがだったのでしょうか」

剣之助は近くにいた与力にきいた。

「ゆうべ、十数人を捕縛し、二つの大番屋にて取り調べたが、どうやら夜鳥の一味とは別人らしい」

「別人ですって」

剣之助は飛び上がりそうになった。

「詳しいことは、まだ我らには知らされていない。いちおう、まだ大番屋で取調べが続いているようだ」

事態が十分に呑み込めなかった。だが、ゆうべからの不安が現実のものになったことだけは間違いないようだった。

六

剣一郎は南茅場町の大番屋から佐久間町の大番屋に移動した。

こちらには植村京之進がいて、髭面《ひげづら》の浪人を取り調べているところだった。

剣一郎の顔を見て、京之進が青ざめた顔で近づいて来た。

「どうやら、夜烏の十兵衛にたばかられたようです」

怒りと屈辱のために、声は震えを帯びていた。

「やはり。この中にも、夜烏の一味はいないのだな」

剣一郎は胸の苦痛に耐えながら確かめた。

「おりません。皆、金で雇われた連中です」

南茅場町の大番屋に連れ込んだ者たちも同じだった。盛り場や賭場でうろついていた連中だった。

夜烏の十兵衛の高笑いが聞こえたような気がして、剣一郎は覚えず唇を噛みしめた。

あれは、わざと疑いを持たせるように、剣一郎の前に姿を現したのだろう。そして、あとをつけさせた。

それより先につむじ風の弥助は、食いっぱぐれの浪人や盛り場をうろついている者たちを金でかき集め、浅草田町二丁目の隠れ家で過ごさせたのだ。

「声をかけてきた男の人相はつむじ風の弥助のようです。あの隠れ家で二日過ごせば一両という話だったそうです」

「皆、金はもらったのか」

「ええ。十三人全員、一両を手にしています」

「十三両か」

夜鳥の十兵衛は金に糸目を付けずに大がかりなことを仕組んでいる。それだけに、五年前の雪辱を果たさんという意気込みの強さを感じる。

「少し、私からききたいことがある。この中にまとめ役の伊勢吉《いせきち》という男がいるということだが」

南茅場町の大番屋に連れ込まれた連中が異口同音に伊勢吉の名を挙げたのだ。

仮牢から伊勢吉が剣一郎の前に引っ張り出されて来た。

四十絡みの渋い感じの男だ。頬に刀傷があり、片耳は潰《つぶ》れている。

「伊勢吉か」

剣一郎は声をかけた。

「へい」

伊勢吉が畏《かしこ》まった。

「同じことをきくかもしれないが許せ。おまえはどこで男に声をかけられたのだ」

「へい。浅草の奥山《おくやま》です。矢場で遊んでいるときに、目つきの鋭い男が近づいて来たんです」

「で、話の内容は？」

「ひとを集められるだけ集めてくれと。ひとり一両の仕事だっていうんで、あっしは六人の仲間に声をかけたんでえ」

「その仕事の内容だが、田町の家で皆で過ごせということか」

「酒も食い物も用意してある。そこで、手慰みして二、三日過ごせばいいと」

「家には他に七名いたが、その者たちは別に集められてきたんだな」

「そうです。ただ、あっしが皆を統率するように命じられました」

「おめえはよぶんに金をもらった。そういうわけか」

「へえ」

「いったい何のために、そんなことをするのか、理由をきいたか」

「いいえ。それは詮索しないという条件でした」

「捕方が入ることは知っていたか」

「とんでもねえ。踏み込まれたときには肝を潰しましたぜ」

　伊勢吉がむきになって言う。

「踏み込まれる前のことだが、その男から何か指図のようなものがあったか」

「別に……」

　と言いかけて、伊勢吉はふと目を虚空に向けた。

「そう言えば」

剣一郎は鋭い目で伊勢吉の次の言葉を待った。

「あの日の夕方、新たな男があの家にやって来ましたぜ」

「新たな男？」

「へい。小間物屋の格好をしていました」

「で、その男はどうした？」

「俺に声をかけてきた例の男に何か耳打ちしてから引き上げて行きやした。そのあとで例の男が、今夜は一歩も外に出ないようにと言ったんだ。そう言えば、その男はいつの間にかいなくなっていたな」

「その男は、前の夜はどうした？」

「いや、いっしょにあの家で過ごしやした」

剣一郎は胸に黒いものが広がったような気がした。

「声をかけてきた男は初めて見る顔か」

「そうです。眉毛が薄くてなんだか不気味な男でしたぜ」

「その男の仲間らしい者はいなかったか」

「いや、いねえ」

「そうか。ところで、あの家にいる間、その男は何度か出入りしていたんだな」

「そうです」

伊勢吉が急に訴えるような顔で、

「俺たちは何もしていねえ。早く、帰してくれ」

「わかった。事情を聞き終えるまでの辛抱だ」

京之進に目配せし、剣一郎は伊勢吉の前から離れた。

大番屋を出ると、京之進が追って来た。

「青柳さま。何かわかりましたか」

京之進は剣一郎の顔つきに何かただならぬものを感じたのだろう。

剣一郎は神田川の傍まで行ってから振り返った。

「京之進。ゆうべの捕物出役を夜烏の一味は知っていたんだ」

「でも、夜烏の一味がそのように仕向けたのではないのですか」

「そうだ。だが、それとは別に実際に捕物出役が出ることを知っていたように思える。いいか、つむじ風の弥助と思われる男は小間物屋からの知らせを受けたあと、かき集めた連中に今夜は一歩も外に出るなと命じ、自分は姿を晦《くら》ましてしまったのだ。小間物屋の男が捕物出役のことを知らせに来たとは考えられないか」

「それはどういうことでしょうか」

京之進の声に切羽詰まったような響きがあった。

「はっきりした証拠があるわけではないが、奉行所に夜烏一味への内通者がいるやもしれぬ」

「まさか」

京之進は俄《にわか》に信じかねるような顔をした。

「俺もそんなことは考えたくない。だが、つむじ風の弥助は前の夜もあの家に泊まった。ところが、姿を晦ました夜に捕方が踏み込んだのだ」

京之進は声を失っている。

「京之進」

「はい」

「このことはまだ誰にも明かさぬように。混乱を招きかねないからな。それに、もし、内通者がわかれば、逆にそのことを利用出来るかもしれぬからな」

「わかりました」

京之進は大番屋に戻って行った。その背中が興奮しているように思えた。

夜烏の十兵衛は五年前からすでに復讐のためにいろいろな手を打っていたのだ。その一つに奉行所内の何者かへの接触がある。

それより、つむじ風の弥助が剣一郎の前に現れたように、夜烏の十兵衛は剣一郎の行動をすっかり見通しているようだ。

そうでなければ偶然にあのような形で剣一郎の前に現れることはないはずだ。常に、尾行がついているのだ。

それだけではない。常に、こちらの対応を読んで手を打っている。まるで、戦国時代の軍師の采配のようだ。

そうだ。これは夜鳥の十兵衛の作戦だけではない。誰か軍師がいるのだ。夜鳥の十兵衛の自信の背景に、この軍師の存在があるのではないか。

頭の上で雲雀《ひばり》が鳴いていた。剣一郎は空を見上げた。またも、夜鳥の十兵衛の高笑いが聞こえたような気がした。


その夜、夕餉の食膳に向かっていると、ときおり剣之助が何か物問いたそうに剣一郎にちらりと目を向けた。

だが、剣之助はすぐに目を伏せた。

「近頃、『夢見堂《ゆめみどう》』という占い師が評判のようですね」

多恵がふと思い出したように言う。

「ほう、『夢見堂』か。よく当たるのか」

剣之助を気にしながら、剣一郎は多恵にきいた。

「そうらしいです。深川にあるそうですが」

役宅には剣一郎に頼み事をしに来る者も多いが、多恵に相談事を持って来る人間も少なくない。そういうひとたちはいろんな町の噂を運んでくれるのだ。そこで聞いた噂話を、多恵はさりげなく剣一郎に話す。与力は世事に通じていたほうがよいのだ。

また剣之助が顔を向けた。が、すぐに戻した。剣一郎は剣之助からるいに目を移した。るいは行儀よく食膳に向かい、箸を使っている。るいは美しい娘に成長した。剣之助もまだ頼りないが、まっすぐに生きているようだ。

ときどき羽目を外すぐらいは大目に見てやるべきだろう。だが、最近の剣之助はどこか思い詰めた目をしている。

だいたい剣之助はそのまっしぐらな性格のとおりに何事にも真正面から向かっていく。ひとたび思い込むと、脇目もふらず一途になる。女子のこともそうだ。

近習番頭を務めている小野田彦太郎《おのだひこたろう》という御家人の娘のお志乃とのこともそうだった。向こうの親が剣之助との仲を反対した。それは剣之助が八丁堀与力の息子だったからだ。先方の母親は八丁堀与力を不浄役人という蔑《さげす》みの目でみていた。それが反対の理由だと知ると、与力の跡を継がないと言い出したこともある。

そのように、思い詰めたら何をするかわからないような無鉄砲さがあるが、正義感と責任感の強い若者だ。

今、剣之助の目は何かに向いている。そう思わせるような鈍い光を放っている。

夕餉のあと、剣一郎は庭に出た。辛夷《こぶし》の白い花が月光に青白く輝いている。

夜鳥の十兵衛には軍師がいる。その軍師を得て、十兵衛の復讐がはじまったといっていいのではないか。

かつての夜鳥の十兵衛のやり方は押込み先に何年も前から仲間を送り込んで事情を探らせ、その仲間の手引きで押し込み、顔を見た奉公人は容赦なく殺す。

今回も、狙いを定めた商家には仲間を下男か下女などに送り込んでいるに違いない。そのやり口は変わらないだろうが、そこに軍師の智恵が加わったのだ。

ふと、背後に気配がした。

「剣之助か」

後ろ向きのまま、剣一郎は声をかけた。

「はい。どうしておわかりに」

「まあ、よい。月がきれいだ」

何か話したいことがあるが迷っている。それを見てとって、剣一郎はわざと庭に出たのだ。そのほうが剣之助が話のきっかけを作りやすいと思ったからだ。

「父上」

しばらくいっしょに月を眺めていたが、ふいに剣之助が口を開いた。

「ゆうべの捕物出役は失敗に終わったようですね」

「うむ。夜鳥の十兵衛にまんまとはめられた」

「じゃあ、最初から無駄な捕物出役をさせるためだったのですか」

「そういうことだ」

剣之助が知りたいのは夜烏一味のことではないはずだと思いながら、剣一郎は答えた。

「でも、夜烏の一味は捕物出役がいつあってもいいように構えていたのでしょうか。敵とて出役があるとわかって、はじめて万全な態勢を整えることが出来るのではないでしょうか」

おやっと、剣一郎は思った。

「剣之助は、捕物出役の情報が夜烏一味に伝わったと考えているのか」

「いえ。そういう可能性がないのかと思いまして」

剣之助は激しい目を向けた。

何か知っている。この目は何かを知っている目だと思った。

「じつはな剣之助。このことは他言無用だ。よいな」

「はい」

剣之助の表情に緊張がみられた。

「偽者の一味をかき集めたのは、つむじ風の弥助だ。その弥助のところに小間物屋ふうの男がやって来た。それから、弥助がかき集めた者たちに今夜は一歩も外に出ないように言い、自分はいつの間にか姿を晦ましていた。そのあとだ。捕物出役があったのは」

剣之助の顔が青ざめていくのがわかった。月の光のせいではない。微かに、唇もわななないているようだ。

「どうした？」

「いえ、なんでもありませぬ」

「剣之助。何かあるのではないのか。どんなことでもいい、父に話してみろ」

「いえ」

「どうだ、明日は久しぶり朝風呂でも行ってみるか」

剣一郎は誘ったが、曖昧な返事をして、剣之助は逃げるように去って行った。

七

今にも雨が落ちてきそうなどんよりとした空だ。その灰色の空に溶け込むように、木内清十朗は昌平橋を渡った。

きょう清十朗は非番であったので、剣之助は風邪を理由に奉行所を休んだ。そして、朝から清十朗の屋敷を見張っていたのだ。

すると、午後になって清十朗が屋敷を出た。

剣之助はあとをつけた。日本橋を渡り、神田を通って八ツ小路を抜けて昌平橋を越えたのだ。

いったい、どこへ行くのだろうか。

剣之助の心に、清十朗がお堀端で小間物屋ふうの男に何事かを囁《ささや》いたという事実が重くのしかかっている。

父の話では、小間物屋の男がつむじ風の弥助に何かを告げたという。時間的にいえば、まさに剣之助が見たのと同じ小間物屋がお堀端から浅草田町二丁目まで移動したと考えられるのだ。

間違いない。捕物出役の情報を夜鳥の一味に知らせたのは清十朗だ。清十朗と夜鳥一味が結びつくとは思わず、剣之助は父の前で黙りこんでしまったことを後悔していた。

なぜ、清十朗がそんな真似をしたのか。

清十朗には深川佃町『三升家』の娼妓お紺の間夫を殺したという容疑がかかっている。清十朗は湯島聖堂のほうに足を向けた。どうやら本郷に向かうらしい。本郷になにがあるのか。

剣之助はふとあのときのことが蘇ってきて、胸が引き裂かれるような痛みを覚えた。

清十朗が工藤兵助に書類を隠されたときのことだ。あのとき、剣之助はほんとうのことを言うことが出来ず、見て見ぬふりをしてしまった。

己の勇気のなさに、剣之助は自己嫌悪に陥り、さらに木内清十朗に申し訳ない思いでいっぱいなのだ。

いや、もうひとつある。やはり、工藤兵助の嫌がらせを受け、清十朗が脇差の柄に手をかけそうになったことがあった。あのときも、剣之助は何も出来ずにただ傍観していただけだった。

あのときは、清十朗が土下座をして事なきをえたが、大事になりかねない状況だったのだ。

剣之助はそれらのことが脳裏から離れないのだ。

自分も嫌がらせに近い仕打ちを坂本時次郎から受けていた。だが、その苦しみを救ってくれたのはおよしだった。

おそらく、清十朗もお紺によって救われたに違いない。

ゆうべ、父に清十朗のことを話そうとして出来なかったのは、そんな清十朗を窮地に追い込みたくないという気持ちが働いたせいかもしれない。

それにしても、お紺の間夫を殺したのはほんとうに清十朗なのだろうか。

剣之助は奉行所で何度か清十朗に話しかけようとした。だが、自分がまだ見習いの若輩者であることがためらわせたのだ。

自分より六つも年下の若造から問い質《ただ》されては、清十朗はかえって反発をするだけではないのか。だから、もう少しはっきりした証拠を摑《つか》んでから清十朗に当たるべきだと思い、きょうまできてしまったのだ。

人ごみに見え隠れしながら、清十朗は本郷三丁目をさらに先に向かった。

そして、本郷五丁目まで来て、清十朗は寺の角を左に折れた。目的の定まった歩き方だった。

やがて、清十朗は菊坂《きくざか》町に入った。小さな商家の並ぶ一帯を抜けると、静かな場所に出た。そして、黒板塀の格子づくりの家の前で、清十朗は立ち止まった。

小さな二階家だ。清十朗はその家に消えた。

二階から見つからないように、剣之助は隣の家のほうから、その家の前にやって来た。

誰の家だろうか。剣之助は裏口にまわってみた。ひっそりとしている。もう一度、表にまわった。

そして、通りをはさんで斜め向こうに納屋のような小屋があるのを見つけ、そこに身を隠して、黒板塀の家を見張ることにした。

小屋の横に立ったとき、いきなり肩をぽんと叩かれ、剣之助は飛び上がった。

「剣之助さんでしたね」

「あっ、親分」

八幡鐘の繁蔵だった。

「親分、どうしてここに？」

剣之助はうろたえた。

「それはこっちの台詞ですぜ」

繁蔵は黒板塀の家に目をやった。

「さっき入って行ったのは誰なんですね」

「あれは……」

剣之助は口ごもった。

「どうも八丁堀のようですね」

「親分は、どうしてここに？」

その問いかけに答えず、

「ひょっとして、『三升家』のお紺のことを話したのは、あの御仁じゃありませんかえ」

と、繁蔵は鈍く目を光らせた。

剣之助は返答に詰まった。

「どうやら、図星らしいですね。誰ですかえ、あれは？」

「どうして、親分はそんなことを気にするのですか」

「剣之助さん。あの家に誰がいると思いますかえ」

「あの家？」

改めて、剣之助は黒板塀の二階家を見た。

「あっ、まさか、お紺があの家に？」

繁蔵が口許を歪め、

「そうですぜ。身請けされてここに囲われた」

剣之助は混乱した。

「まさか」

清十朗が身請けをしたのだろうか。信じられない面持ちでいると、繁蔵が言った。

「身請けしたのは、紅・白粉問屋の金兵衛という男だったそうですぜ」

「金兵衛？」

清十朗の知り合いなのだろうか。

「金兵衛はお紺の馴染みだった。だが、これまで、ここに通っているのを見たことはない」

しかし、清十朗はどうして身請けされているお紺の住まいを知ったのか。

「その金兵衛なる者の身元はわかっているのですか」

「いや。それがはっきりしねえんです。『三升家』の証文には本所《ほんじょ》の紅・白粉問屋の名前が書いてありやしたが、そんな店はなかった。だから、こうやって、金兵衛が来るのを見張っていたってわけです」

「ここを、親分はどうやって知ったのですか」

「それはわけのねえことでした。お紺が『三升家』の朋輩に本郷菊坂町に住んでいると知らせたようです」

「そうでしたか」

清十朗が、金兵衛に頼んでお紺を身請けさせたのか。それとも、『三升家』まで行き、お紺の居場所を聞き出して会いに来たのか。

しかし、さっきの清十朗の様子は忍んでいるようには思えなかった。

「剣之助さん」

繁蔵が呼びかけた。

「きょうはほんとうのことを教えてもらえませんかえ。剣之助さんは、貞八の死体が見つかったとき、洲崎の海岸まで見に来たんじゃねえですかえ」

さすがにこの岡っ引きはそこまで調べていた。

「わかりました。お話ししましょう。ただし、すぐに接触するのは待っていただけますか。もう少し、調べてからにしていただきたいのです」

「どうしてですかえ」

「これが、単にお紺を苦しめている間夫を殺し、お紺を身請けしたというだけなら構わないのですが、あの事件には裏があるようなのです」

捕物出役の情報を流したということと、貞八殺しがどこかで繋がっているように思えたのだが、そのことは繁蔵に言うわけにはいかなかった。

「わかりました。約束しましょう。じつは、あっしもそんな単純な事件じゃないと思っていたんです。で、あの侍は？」

「八丁堀与力の木内清十朗どのです」

剣之助はついに口にした。

「やっぱり、そうでしたかえ」

「気づいていたのですか」

「『三升家』の者の話では髷《まげ》を小銀杏《いちょう》に結ってあるということでした。それに剣之助さんが絡んでいる。そういうことから、なんとなく感じていたんですよ」

ふと、繁蔵は顔を向けて、

「で、剣之助さんはこれからどう出るおつもりですかえ」

と、真顔になった。

こうなったら、父に一切を打ち明けるべきかと思ったが、その前に清十朗に会って事情をきくべきかとも考えた。

その判断がつかないまま、剣之助は黒板塀の二階家に目をやった。まだ、清十朗が出て来る気配はなかった。

八

奉行所から帰った夜、剣一郎は橋尾左門《はしおさもん》がやって来るのを待ちかねていた。昼間、番所で会ったとき、話があると告げると、今夜、そっちに行くと言っていたのだ。吟味方与力の橋尾左門は番所でいつも厳《いかめ》しい顔をしていて、竹馬の友という関係など一顧だにせずに、威厳に満ちた態度で剣一郎にも接する。どちらかというと融通《ゆうずう》のきかない人間だが、本人に言わせると、公私を使い分けているだけで、俺ほど融通のきく人間はいないと言う。

その左門がようやくやって来た。

「すまん、すまん。遅くなって」

番所での態度とまったく違う。

「やあ、多恵どの。相変わらず、お美しい」

酒膳を運んで来た多恵に、左門はずけずけと言う。

「まあ、お世辞でも女子にとってはうれしいお言葉ですわ。でも、橋尾さまは、ご自分の奥さまのほうがお若くて美しいと思われているのではありませんか」

多恵は適当にはぐらかすように答える。

「とんでもない、うちのはおかめでござる。剣一郎がうらやましい」

「さあ、どうぞ」

多恵が左門に酌をする。

「ありがたい」

左門は大仰に言う。

しばらく酒を酌み交わしたあとで、左門がきいた。

「ところで、話があるとか言っていたな」

「うむ。たいしたことではないんだが……。昔、学問所に通っているときに、飛び抜けて頭のよい男がいたな」

「うむ。続木源次郎《つづきげんじろう》のことか」

「そうだ。今、どうしているか知っているのか」

「おや、知らなかったのか」

「知らなかったとは？」

「そうか。知らなかったか。最近、深川によく当たるというので評判の『夢見堂』という人相見がいるそうだ。その夢見堂というのが続木源次郎だそうだ。俺はまだ行ったことはないが」

「なんだと、『夢見堂』だと」

「ああ。大道の占い師ではない。ちゃんと一軒を構えての商売だ」

多恵の言っていた占い師だ。まさか、夢見堂が続木源次郎だったとは……。

左門は不思議そうな顔つきになって、

「源次郎がどうかしたのか」

と、きいた。

「いや。なんでもないんだ。急に、昔のことを思い出してな」

左門は疑わしそうな目をくれた。

「水臭いではないか。俺に隠すことはあるまい？」

「いや。別に隠しているわけじゃない」

剣一郎は自分でもよくわからないのだ。なぜ、続木源次郎のことを思い出したのか。

そもそもきっかけは、夜鳥の十兵衛に軍師がいるのではないかという思いつきからだが、なぜ、続木源次郎だったのか。

続木源次郎は御家人の次男坊だった。同じ、次男坊だということで源次郎は剣一郎に親しみを持っていたようだ。

武士の家を継ぐのは長男であり、次男三男は養子に行くしかない。養子先があればよいが、なければ部屋住みとして一生うだつの上がらぬ生活を強いられるのだ。

そんな境遇を源次郎も剣一郎も味わっていたのだ。

ところが、兄の不慮の死によって、剣一郎は運命が一変した。兄に代わって父の与力職を継ぐことになったのである。

それから、源次郎の態度が変わった。源次郎は剣一郎より自分のほうが才覚はあると思っていたぶんだけ、剣一郎が世に出るようになったことが許せなかったのだろう。

剣一郎にしてみれば理不尽な源次郎の態度であったが、それからはふたりは絶縁状態になった。

その源次郎と五年前に妙なことで再会することになった。

夜鳥一味の大捕物のときだ。包囲網をかいくぐって逃走した夜鳥の十兵衛とつむじ風の弥助のふたりを、堀留町《ほりどめ》に追い込んだ。

捕方は辺りの家をたたき起こし、一軒一軒家の中を調べたのだ。剣一郎もその捜索に加わっていたが、とある後家の家に踏み込んだとき、そこにいた無精髭の浪人が続木源次郎だった。

源次郎は女ものの着物を羽織っていた。頬がこけ、異様に目だけが大きく見え、荒《すさ》んだ印象だった。かつて学問所一の英才と謳《うた》われた当時の面影は微塵もなかった。ただ、女に養われて、ようようと生きている。そんな感じだった。

そのときの剣一郎に向けた源次郎の冷たい目が今、蘇ってきた。

「その目は、源次郎に会いに行くつもりだな」

左門が盃を持ったまま言う。

「夜鳥一味のことを占ってもらうのもいいかもしれない」

剣一郎は呟くように言った。

次の非番の日。剣一郎は着流しに深編笠をかぶって八丁堀を出て、舟で深川に向かった。『夢見堂』は仲町《なかまち》にあるという。

舟を下り、ひとで賑わっている門前を過ぎて仲町に向かった。

夜鳥の一味がいつ行動を起こすかわからない。今夜にでもどこかを襲うかもしれない。

剣一郎は足を早めた。

料亭の並ぶ一画から少し離れた裏通りに『夢見堂』が見つかった。小さな家の入口に、数人が並んでいた。皆、人相を見てもらいに来たひとたちであろう。

剣一郎はその列に並んだ。

前にいた職人体の男が剣一郎の頬の青痣に気づいて、

「あっ、青柳さま」

と、あわてて頭を下げた。

「ここはそんなによく当たるのか」

剣一郎はきいた。

「へえ。あっしもはじめてなんですが、仲間に言わせると、黙って座ればぴたりと当たるって奴らしいですぜ。旦那も相談を？」

「評判を聞いて、ちょっとためしに寄ってみたのだ」

「あら、旦那。あたしは二度目ですけど、そりゃよく当たりますよ」

町家の女房らしい女が口をはさんできて、『夢見堂』の評判を言う。その間にも、列は進み、今度は部屋に上がって待つ。気がつくと剣一郎の後ろにふたり並んでいた。

ようやく剣一郎の番になった。

隣の部屋に入ると、文机《ふづくえ》の向こうに、五年前よりふっくらとした続木源次郎が泰然と座っていた。

剣一郎の顔を見て、源次郎はにやりと笑った。

「俺がやって来ることがわかっていたようだな」

剣一郎の声が聞こえなかったかのように、

「どうやら、深刻な悩みですな」

と膝に手を置いたまま、源次郎は剣一郎の顔を刺すように見た。

「わかるか」

「さよう。あなたの顔に出ておりますな。ますます苦難の道に陥《おちい》ると。そう、その頬にある青痣。すべての不幸の源がそこにある」

「久しぶりだな。源次郎」

『夢見堂』としてではなく、源次郎として話し合おうとして、そう呼びかけた。

「青痣与力としてもてはやされているようですが、じつは底が浅い。己の実力ではなく、ただ運のみによってのしてきた。そのつけがそろそろ出て来るころですぞ」

剣一郎の呼びかけを無視し、源次郎は勝手に続ける。

「近いうちに、大きな臍《ほぞ》をかむという卦《け》が出ておりますな」

「それは夜烏の一味のことか」

「さあ、それはなんとも」

源次郎は口許に冷笑を浮かべた。

「もし、夜烏の一味だとしたら、いつ押込みを働くであろうか」

「さよう。七日後、少なくとも十日以内に、大きな動きがあろう」

「それはどの方面で？」

「水の近く」

「水？　川か」

「夜烏の一味は舟で逃げる」

源次郎は、くっくっと奇妙な笑い声を上げ、

「さて、もうよろしかろう」

と、手で払うような真似をした。

そして、大きな声で、

「次の方」

と、呼びかけた。

「今の卦、そっくり、おぬしにお返ししよう」

そう言い、剣一郎は立ち上がった。

「あっ、見料を忘れぬように」

「源次郎。別の場所で会いたい。時間を作ってくれ」

「よかろう。時間の都合がついたら屋敷に知らせる」

源次郎の目が鈍く光った。

「わかった」

外に出て、剣一郎は大きく深呼吸をした。

源次郎の自分への敵視は相変わらずだと思った。特に、五年前の姿を見られたことが屈辱感を募らせているのだろうか。

夜烏の十兵衛の背後に続木源次郎がいるかどうかわからない。だが、十兵衛と源次郎が結びつくことは十分に考えられる。

五年前、堀留町に逃げ込んだ十兵衛は、源次郎に匿《かくま》われたのかもしれない。ふたりは剣一郎憎しの気持ちから一体となった。

夜鳥一味の軍師として、今剣一郎の前に立ちはだかっているのではないか。剣一郎は総毛立って、夜空に浮かぶ黒い雲を見つめていた。

# 第三章　策略

一

　先日の捕物出役で無駄骨を折ったことを気にしているらしく、工藤兵助に元気がなかった。

　剣之助は木内清十朗の様子を窺《うかが》った。

　廊下に足音がするたびに、木内清十朗が耳をそばだてているのがわかる。

　今、奉行所内は夜烏の十兵衛一味の対応に追われ、当番方も余裕を失っていて、清十朗への嫌がらせどころではないようだ。

　ただ、周囲が清十朗を無視していることには変わりなかった。剣之助はお茶をいれたり、用事はないかと、清十朗に何かと声をかけた。そのたびに、清十朗は黙ったまま顎《あご》を頷《うなず》かせたり、首を横に振ったりするだけだった。

　清十朗に、夜烏の一味に捕物出役の動きを知らせた疑いがある。もちろん、証拠はないので迂闊《うかつ》なことは言えない。

そのことと、貞八殺しが関係しているように思える。

清十朗のことに気が向いているので、剣之助も見習いの仲間たちから無視されても気にならなかった。そこまで考える余裕はなかったといったほうが当たっている。

ともかく、今、大事なことは木内清十朗のことであった。

清十朗は脇目も振らずに仕事に向かっている。が、奉行所内に何か動きがあると、さっと目が動いた。

ときたま、厠《かわや》へ立つふりをし、年番方の部屋のほうに行ったり、ときには同心詰所にも顔を出している。

清十朗が書類を持って立ち上がった。剣之助はさりげなく立ち上がってあとをつけた。

向かったのは年番方の部屋だ。その部屋の前で、清十朗は佇《たたず》んでいる。

今、奉行所内では夜鳥の一味が狙いを定めている場所を探ろうと躍起になっている。いくつか商家の名が上がっている。

しばらくして、清十朗は部屋に入って行った。そうやって何かを聞き出そうとしているに違いない。

剣之助が先に部屋に戻っていると、少し遅れて清十朗が戻ってきた。いくぶん、緊張した面持ちだった。

ますます、夜鳥の一味の密偵の疑いが強まった。

おそらく、奉行所に恨みを向けているのだろう。こんなことをしていては、清十朗は身を破滅させることになる。

夕方七つ（四時）になって、清十朗は先に退出した。黒の肩衣《かたぎぬ》と平袴《ひらばかま》という継上下《つぎがみしも》姿であり、供を連れている。この途中に、夜鳥の一味と連絡を取り合うとは思えない。また、このままお紺のところに行くこともあり得ないだろう。

奉行所の前で八幡鐘の繁蔵の子分が見張っていて、清十朗のあとをつけることになっているので、剣之助はゆっくり帰り支度をはじめた。

父は居残るらしい。帰りがけ、坂本時次郎といっしょになったが、剣之助は軽く会釈をしただけでさっさと潜り門を出て行った。

何か言いたそうな時次郎の顔が脳裏に残ったが、それもすぐに消えた。

いったん、組屋敷に帰り、剣之助は着替えてから再び出かけた。

すぐに正助がついてきた。

「旦那さまに命じられていますので」

本郷まで先回りをして清十朗を待つつもりでいたが、正助がついて来たので、気が変わった。

ただ、気ばかり焦って家を飛び出してきただけで、本郷に先回りをして何をするということもなかった。

清十朗の行動を探ることは繁蔵に任せておけばいい。そう思い直し、剣之助は深川に足を向けた。

剣之助がずっと押し黙っているので、正助も口をきかずについて来る。

永代橋を渡り、やがて一の鳥居をくぐった。

遊客が目立ちはじめ、料理屋の軒行灯が明るく輝き出してきた。その頃になって、八幡さまの鐘が暮六つの鐘を鳴らした。

蓬萊橋を渡り、佃町の『和田屋』が見えるところで、剣之助は足を止めた。

「あそこで友達と待ち合わせしているんだ」

「あそこは、いかがわしいお店ではありませぬか」

正助が不満そうに言う。

「この店のことは父上も知っている」

「えっ、旦那さまが？」

「嘘だと思うならきいてみるがいい」

「そうですか。で、お友達というのは？」

「坂本時次郎だ。奉行所を出るときに約束をしたんだ」

剣之助は嘘をついた。

「じゃあ、私はどこかで暇をつぶしてきます。何時ごろ、お戻りに？」

「まあ、一刻ぐらいだ」

「わかりました」

正助の視線を背中に感じながら、剣之助は『和田屋』に向かった。客待ちのおよしが剣之助を見ていた。

およしに手を引かれ、部屋に入る。

「どうしたの、なんだか疲れた顔をしているわ」

部屋に入ると、

「なんでもないさ」

と、剣之助はあぐらをかいた。

「待っていてね」

およしはいったん部屋を出て、酒膳を運んで来た。

「この前、坂本さんはだいぶ悪酔いしていたわ」

酌をしながら、およしが言う。

「あいつのことなんか口にするな。もう、関係ないんだ」

どうせ、皆で俺の悪口を言って盛り上がっていたのだろうと、剣之助は思っている。

「でも、坂本さん。剣之助は来ているかって気にしていたわ」

そりゃ、そうだろう。鉢合わせしたらばつが悪いだろうからな、と剣之助は内心で毒づく。

「あんな奴の話はやめだ」

剣之助の意識は、今は木内清十朗に向かっていて、それ以外のことを考えるゆとりはなかった。

「さあ」

剣之助は猪口を突き出す。

およしが酒を注いでから、

「あたし、坂本さんの気持ちがわかるような気がするわ」

と、しんみりとした口調で言う。

「くどい」

剣之助は強く言うと、およしが驚いたように体を退いた。

「すまない。つい、他のことを考えていたのだ」

はっとして、剣之助はあわてて言う。

「驚いたわ」

およしは襟元に手をやり、

「今夜は顔を見たときからおかしいと思ったわ。何か気になることがあるのね」

姉のように、およしは剣之助を包み込む。

「言いたくないなら聞かないけど、話してくれたらうれしいわ」

およしの温もりは、剣之助のささくれた心を徐々に癒してきた。

「別に、隠しているわけじゃない」

「貞八というお紺さんの間夫が殺されたことに関係していること？」

およしの前では心も裸になる。剣之助は頷いた。

「やっぱし。あのとき、血相を変えて飛び出して行ったものね」

洲崎海岸で男の死体が発見されたと聞き、剣之助はあわてて飛び出して行ったのだ。

「お紺さん、身請けされたそうね。この辺りじゃ、噂よ。こんな場末の女にも、手を差し伸べてくれる男がいるんだって、他の妓《こ》たちも希望を持ったんじゃないかしら」

「あんたもか」

「あたしはいいわ。だって、へたに身請けされたら剣之助さんに会えなくなっちゃうものね」

「俺が、いつか身請けしてやろうか」

「ばかね。剣之助さんがそんな身分になる頃には、あたしはお婆さんになっちまうわ。それに、剣之助さんはこれから世に出て行く身。今から、女のことに心を奪われちゃだめ。わかったわね」

ふと、およしは思い出したように、

「それより、あのお志乃さんという娘さんのこと、まだ好きなのでしょう」

「どうして、そのことを？」

「いやだ。忘れたの？　泣きながら話してくれたじゃない」

「泣きながら？　嘘だ」

剣之助は顔をしかめたが、酔いに任せて、そんなことを話したのかもしれない。なにしろ、およしには何でも話せる気がしているからだ。

「あのひとと会ったのが間違いだったんだ」

剣之助は太い吐息を漏らした。

「向こうの親御さんが反対しているんですってね」

「そう。母親が誇り高いひとだから。よそう、こんな話」

志乃の母親が反対しているのは八丁堀与力が不浄役人だという蔑視があるからではない。もっと根深いものがある。それを知らされてから、剣之助は絶望的になったのだ。

「ごめんなさい。辛いこと、思い出させちゃって」

およしは素直に謝ってから、

「お紺さんは、あの間夫にさんざん苦労させられていたんですってね。でも、お紺さん、身請けされてよかったわ。ほんとうに、『夢見堂』って人相見の言ったとおりになったって評判よ」

「ええ。仲町にある人相見。『三升屋』の女将さんに頼んで連れて行ってもらったらしいの。なんでも、お紺さんはその人相見に見てもらったら、いずれ身請けされると出たんですって」

母上が言っていた占い師だと、剣之助は思った。

「そんなに当たるものなのかな」

剣之助は半信半疑だった。

「まあ、気の持ちようだけど」

剣之助は盃を伏せた。

「あら、呑まないの？」

「じつは、外でお目付が待っているんだ」

「お目付け？」

「奉公人だ。俺を監視するように父に命じられている」

「まあ、どうしよう。ここに来ることを禁じられているの」

およしは困ったような顔をした。

「そうじゃない。別の面倒があってね。だから、ここで坂本時次郎と会うと言って振り切ってきたんだ」

「そう」

「だから、そうゆっくりもしていられないんだ」

「ねえ、さっきの話だけど」

「なんだっけ」

「坂本時次郎さんのこと」

剣之助は顔をしかめた。

だが、およしは続けた。

「坂本さんは、この前、皆と来たときもちっとも楽しんじゃなかったわ」

ふん、それがどうしたというふうに、剣之助は横を向いた。

「剣之助は来たか。どうしていたか。そればかり言っていたわ。とても寂しそうな表情でよ。わかる?」

およしが剣之助の顔を覗き込んだ。

「なにが、だ?」

「坂本さんの寂しい気持ちがよ」

「…………」

「私にはわかるわ」

およしが遠くを見る目つきをした。

剣之助は不思議な思いで、およしを見た。

「剣之助さんのお父さまは青痣与力として評判。だから、お奉行所の方々も、剣之助さんには特別な目を向けている。そうでしょう」

「そうだ。迷惑な話さ。父は父。俺は俺なのに」

「他人から見れば、そうじゃないわ。あなたは上役からちやほやされている。でも、坂本さんは声もかけてもらえない」

「嫉妬《しっと》か。俺が上役から声をかけられるのがおもしろくないんだ。妬《ねた》みだ。ふん、くだらない」

「違うの。さっきから言っているでしょう。嫉妬なんかじゃないの。そのことが寂しかったのよ」

『和田屋』を出てからも、およしの声が剣之助の耳に残っていた。

時次郎は寂しかったのだという。周囲から期待されている剣之助がだんだん自分から遠ざかって行くような不安を感じていたのだという。

(時次郎……)

剣之助は複雑な思いに胸がつかえた。

蓬萊橋の袂《たもと》に正助が待っていた。

「早かったのですね」

「ずっとここで待っていたのか」

「ひとりで行くところもありませんし、いつ戻ってこられるかもわかりませんから」

なぜだ、と剣之助は問い返したかった。なぜ、そこまで忠誠を尽くすのだ。だが、問うまでもなかった。正助が奉公している青柳家の息子だからだ。父に命令されたからだ。

私は私だと思っていたが、他人から見れば青痣与力の息子なのだ。

「わるかった」

剣之助は詫《わ》びた。

仲町から一の鳥居に差しかかったとき、ふと前方のひとの行き交う中に見覚えのある背中を見つけた。

剣之助はあわててひとの間をすり抜けて先を急いだ。

ひとの流れがまばらになった場所に出たときは、暗がりだったが、やはり、間違いないと思った。

木内清十朗だった。

（なぜ、こんなところに……）

剣之助は不思議だった。もう『三升家』にお紺はいないのだ。清十朗がやって来る理由に見当がつかない。

そのとき、後ろから肩を叩かれた。

飛び上がらんばかりに驚いて、剣之助は振り向いた。

「あっ、繁蔵親分」

八幡鐘の繁蔵が立っていた。

「今夜は本郷じゃなかったのですか」

そうか、繁蔵の家はこの近くなのだ。しかし、本郷のほうに行っていたのではなかったのか。

「剣之助さま。あれは木内清十朗ですぜ」

「でも、どうしてこんなところに？」

「お屋敷からあとを付けてきたんですがね。木内清十朗は『夢見堂』という人相見の家に入って行きました」

「占ってもらいに行ったのでしょうか」

「『夢見堂』はよく当たるという評判ですからね」

「そんなに当たるのですか」

「三年ほど前に、こっちに店を開いたんですよ。この界隈は料亭や芸者が多く、験《げん》を担ぐものが多いんで、たちまち繁盛していったようです」

繁蔵は地元だから評判をいろいろ聞いていると言う。

清十朗は悩みを相談に行ったのだろうか。その悩みとは、奉行所への裏切りのことか、お紺とのことか。

「じゃあ、あっしは念のために、あとをつけますから」

すでに、子分がつけているので、繁蔵は改めて子分のあとを追った。

清十朗は精神的にも追い詰められている。何とかしなければならないと、剣之助は思った。

このままでは最悪の事態になりかねない。奉行所を裏切った清十朗の行く末に暗い翳が漂った。

（情死……）

清十朗とお紺の心中の道行の光景が脳裏をかすめ、剣之助は覚えず声を上げそうになった。

二

四月に入った。剣一郎は与力番所から隣の年寄同心詰所に向かった。

きょうも、年寄同心詰所に植村京之進や川村有太郎らの定町廻り同心、隠密廻り、当番方の同心たちが集まり、さらに宇野清左衛門らの与力も加わり、夜烏一味に対する打ち合わせがはじまった。

三廻りの同心が集めてきた情報をもとに、夜鳥の一味が狙いを定める商家の検討をするのだ。

夜鳥の十兵衛は、かつて押し入って成功した同じ商家を狙うことは自尊心が許さないだろう。そこで、以前の商家は外した。さらに、狙う金も少なくとも一千両か二千両以上だと踏んだ。

かつて夜鳥の一味に押し込まれたことはなく、土蔵に千両箱が唸っているという豪商について、奉公人を調べる作業を続けてきた。

ここ五年以内に雇った奉公人は番頭や手代であろうと下男、女中であろうと身元の洗い出しなどをしてきた。

その結果、素性が不確かな雇人のいる商家が、これまでにいくつか洗い出されていた。

さらに選りすぐり、米沢町《よねざわちょう》にある袋物問屋『川田屋《かわだや》』、神田佐久間町の紙問屋『河内屋《かわち》』、木挽町《こびき》にある質屋『万福屋《まんぷく》』、深川伊勢崎町《いせざき》にある海産物問屋『三浦屋《みうら》』に絞った。

だが、きのうになって、新たに不審な商家が見つかったのだという。

「市ヶ谷田町《いちやた》にある茶問屋『駿河屋《するが》』の番頭が店の金を使い込んでいたことがわかりました。女のために金を使っていたそうですが、その番頭に夜鳥の十兵衛の魔の手が伸びていないとも限りません」

そう報告したのは、隠密廻りの作田新兵衛だった。

「もっか、『駿河屋』の番頭の動向を探っているところです」

作田新兵衛の声を引き取って、勝手に首を並べていた内与力の長谷川四郎兵衛が、

「このように、新たに疑わしい商家が見つかる。果たしてこの四つの商家に的を絞ってよいのかどうか。もし、外れた場合は取り返しのつかないことになる」

と、口をはさみ、さらに続けた。

「表沙汰になっていない不平、不満を抱えた奉公人のいる商家が他にあるかもしれない。十兵衛はそれを知って巧みに手懐《てなず》けていないとも限らない」

「確かに、その可能性もないとはいえません。さらに考えれば、古くからいる奉公人が夜鳥の十兵衛に籠絡《ろうらく》されている可能性も否定出来ません。でも、そこまで考えたらもう手に負えなくなります」

剣一郎が応じると、長谷川四郎兵衛は不快そうに口許を歪《ゆが》め、

「もし、そうだったらどうするのだと言っておるのだ。手に負えぬでは困るのだ」

と、吐き捨てるように言った。

「はっ」

と、剣一郎は低頭した。

今、長谷川四郎兵衛と言い合っている場合ではない。

「ちょっと、気になることがあるのですが」

そう言い出したのは川村有太郎だった。五年前の夜鳥一味の捕縛に一番功のあった同心だ。

「じつは、日本橋本町の薬種問屋『長生堂』なのですが」

「『長生堂』とは、五年前、夜鳥一味を待ち伏せした商家ではないか」

年寄同心役が膝を川村有太郎に向けた。

「さようでございます。五年前、夜鳥の一味は『長生堂』に狙いを定めておりましたところ、青柳さまのお働きにて」

「そんなことはどうでもよろしい。話を先に」

長谷川四郎兵衛がいらだって言う。

「夜鳥一味は『長生堂』の下男を引き込み役にしていましたが、このことが我らの知るところとなり、夜鳥一味を壊滅させることが出来たのですが、その後、『長生堂』は三年前に得意先の紹介で、信州出身の久蔵《きゅうぞう》という男を新たに下男として雇っております」

川村有太郎は息継ぎをしてから、

「久蔵は口数は少ないが、働き者として店の者の信用を得ておりました。先日、その久蔵という下男が辺りの様子を窺うような怪しい素振りで裏口から出てきました。こっそり、あとをつけると、橋の袂に座っていた辻謡曲の浪人の前に紙を丸めたものを落としたのです」

一同からざわめきが起こった。

「久蔵はそのままお店に引き返しましたが、浪人はしばらくして立ち去りました。あとをつけさせたのですが、両国広小路の雑踏に紛《まぎ》れて見失ってしまいました」

「怪しいな」

誰かがつぶやく。

「それだけではまだ断定することは出来んが、調べてみる必要はありそうだ」

長谷川四郎兵衛が言い、

「だが、一度狙ったところを夜鳥の十兵衛が狙うだろうか」

と、疑問を付け加えた。

「いえ。夜鳥の十兵衛だったら十分にあり得ます」

剣一郎は口を開いた。

「夜鳥の十兵衛は自尊心の強い男です。それに負けん気は異常なほどです。五年前の屈辱を晴らそうとするために奉行所に挑戦しているのですから、もっとも溜飲の下がるやり方で我らを見返そうとするでしょう。そこには一度失敗した『長生堂』に改めて狙いを定めるということは考えられなくはありません」

「なるほど」

長谷川四郎兵衛が渋々頷いた。

今の段階でも疑わしいと言わざるを得ず、あと何人かひとを投入して、久蔵の動きにさらに注意をすることになった。

と、同時に他の商家についてもさらに素性が明らかでない奉公人の調べを進めることで打ち合わせが終了した。

剣一郎が退座すると、先に部屋を出ていた定町廻り同心の川村有太郎が待っていた。

「青柳さま。ちょっと内密にお話が」

「わかった」

『長生堂』の件で、まだ何かあるのだろうと思い、剣一郎は空いている部屋に川村有太郎を招き入れた。

「堅苦しい挨拶は抜きだ。用件だけきこう」

畳に手をつけた姿勢で挨拶をしようとする川村有太郎に、剣一郎は言う。

川村有太郎は少し膝を進め、

「私が手札を与えている繁蔵という男がおります。繁蔵は今、深川佃町の『三升家』のお紺という娼妓の間夫だった貞八という男が殺された事件を調べております」

佃町と聞き、剣一郎は剣之助の通っていた『和田屋』も佃町だったことを思い出した。

「繁蔵の調べた事実だけを申し上げます。間夫が殺されたあと、お紺は紅・白粉問屋の金兵衛なる男に身請けされ、今は本郷の菊坂町に囲われております」

川村有太郎の真剣な眼差しから、重大なことを伝えようとしていることが肌に感じられた、剣一郎は覚えず膝に置いた手を握りしめた。

「その家を張っていたところ、二十二、三歳とおぼしき若侍が中に入って行きました。その若侍は当番方与力の木内清十朗さま」

剣一郎は眉根を寄せた。

「繁蔵はお紺の間夫を殺した疑いを木内さまに向けております」

「まだ、疑いだけなのだな」

「はい」

剣一郎はやっと声を出した。

しかし、与力が殺しの疑いをかけられるだけでも由々しきことだ。

だが、川村有太郎が話したいのはそのことだけではないようだった。

「まだ。何か」

「これは剣之助さまから伺《うかが》いましたことですが」

「なに、剣之助から」

「はい。じつは、木内さまに不審な動きがあるとのこと」

「不審な動き?」

「はい。捕物出役の命令が出たあと、木内さまはこっそり御番所を抜け出し、お堀端で、小間物屋の姿をした男に何か囁いたそうでございます」

あっと剣一郎は声を上げた。

あの件は夜鳥の一味に謀《はか》られたことだが、捕物出役のことも夜鳥一味に筒抜けになっていた。そのことに疑問を持っていたところだ。

「剣之助がそれを見ていたというのだな」

「さようでございます。剣之助さまが言うには、おそらくお紺の間夫殺しに関したことで、木内さまは追い詰められた末に、夜鳥一味の言いなりになっている。だから、穏便《おんびん》に済ませたいということで、今まで黙っていたそうです。ですが、このままでは、手にあまるということで、剣之助さまは、まず私に打ち明けてくださいました。その上で、今、私から青柳さまにご報告申し上げております。このことを知っているのは、剣之助さまに繁蔵、私だけでございます」

「あいわかった。よく知らせてくれた」

川村有太郎を去らせたあと、剣一郎はひとりになった。

なぜ、剣之助はこれほどの大事を直接自分に話さなかったのかと、剣一郎はまずそのことにこだわった。

話さなかったのではなく、話せなかったのだろう。木内清十朗を庇《かば》おうという気持ちが強かったことはわかる。だが、それだけだろうか。

剣之助は見習いとはいえ、与力の一員である。それなのに、自分の得た重大な事実を父に真っ先に話す。そのことに抵抗があったのではないか。ただでさえ、青痣与力の息子ということで、奉行所内で特別扱いされているようなのだ。

だから、最初に川村有太郎に打ち明けたのかもしれない。剣一郎はそう思った。

剣之助は青痣与力の息子という周囲の重圧に耐えているのだ。

夜烏の十兵衛がどういうことから木内清十朗を知ったのかわからない。だが、清十朗には、十兵衛の誘いに乗る下地があったのだ。

それは、御番所内での目に余る仕打ちだ。

その夜、屋敷に戻ったあとも、剣一郎はその思案にくれた。

思案しながら、剣一郎は剣之助を待った。川村有太郎から話が剣一郎に伝わることを知っているはずだ。だったら、剣之助のほうから何か言ってくる。そう期待したのだ。

夕餉から一刻ほど経ったあと、剣之助がやって来た。

「父上。お話があります」

思い詰めた目だ。こういうときの目つきは亡き兄に似ている。一本気で無鉄砲なところのあった兄の血を、この剣之助が引いているようだった。

剣之助は向かいに座った。

「川村有太郎どのからお聞き及びと存じます」

「うむ。聞いた。木内清十朗が夜烏の十兵衛と通じている疑いがあるということだな」

「決して、心底木内さまは夜烏の十兵衛の言いなりになったのではありません」

剣一郎は剣之助の澄んだ瞳から発する強い光を受け止めた。

「どうして、そう思うのだ？」

「木内さまは理不尽な仕打ちに遭っておいででした。毎日、御番所に行くのが苦痛だったはずです。そんな傷ついた心を癒してくれたのが深川のお紺という娼妓だったと思います」

剣之助は清十朗を自分と重ねていたのだと、剣一郎は思った。

「お紺には貞八というやくざ者の間夫がいたのです。貞八のために、お紺は稼いだ金をすべてとられた。木内さまとお紺はお互いの傷を舐めあってきたのです」

お互いの傷を舐めあってきたという言い方をする剣之助が、剣一郎にはとても大人びて見えた。

「そして、木内さまは貞八をお紺と手を切るように説得しようとしたのではないでしょうか。でも、貞八は承知しない。そんなときに、貞八が殺されたのです」

「殺されたのだと？　下手人は木内清十朗ではない、というのだな」

剣之助はまっすぐに目を向けて続けた。

「夜鳥の一味の仕業だと思います。夜鳥の十兵衛は、木内さまのことを調べ上げ、木内さまを利用することを思いついたのではないでしょうか」

「しかし、木内清十朗はなぜ拒《こば》めなかったのだ。たとえ、どんな状況におかれようと、夜鳥の一味の片棒を担ぐなど言い訳の出来ぬ裏切りではないか」

剣一郎は筋を通して言った。

「お紺の身が危ないからです。お紺を身請けしたのは、お紺を人質にとる意味合いがあったのではないでしょうか」

剣之助は訴えかける。

「そうであっても、清十朗は夜鳥に与《くみ》してはならなかった」

剣一郎は突き放すように言った。

「大事なひとが殺されるかもしれないのに、あくまでも突っぱねろと言うのですか。もし、母上が人質になったら、いえ、私やるいが人質になったとしたら、父上は相手の要求を突っぱねるのですか」

興奮からか、剣之助は身をにじり寄らせた。

「もし、父が夜鳥の言いなりになったとしよう。その結果、夜鳥一味がある商家に押し込み、何人ものひとを殺傷したとする。このとき、母上はどう思うか。他人はいくら死んでも、自分が助かってよかった。おまえの母上はそう考えるか」

「それは……」

「仮に、人質が剣之助だったとしよう。剣之助を助けるために、父は夜烏に情報を売った。そのために罪のないひとたちがたくさん殺された。そうしたら、剣之助、そなたは平気でいられるか」

剣之助が手を握りしめ、

「しかし、そのときは言いなりになっても、そのあとで手を打てば、押込みを防げるではありませんか」

「では、木内はそうしたのか」

また、剣之助は声を詰まらせた。

「確かに、剣之助の言い分にも一理ある。だが、木内は現状を打破しようと努力したのか。お紺なる女を助け、夜烏一味の野望を砕くために何かしようとしたのか」

「いえ」

剣之助が苦しそうに答えた。

「でも、私が、私が木内さまにそうさせます。ですから、どうぞおおっぴらにしないでください。お願いします」

剣一郎は目を見張る思いで、剣之助を見つめ、

「それほど、剣之助は、木内清十朗を助けたいのか」

「はい。木内さまは、お紺さんに恩誼《おんぎ》を感じているのです。だから、あんな真似《まね》までして
もお紺さんを助けたかったのです。お願いです。木内さまを助けてあげてください」

剣一郎はふと死んだ兄が蘇ってきたような気がした。

ひとの難儀を見れば、あとさきも考えずに果敢に飛び込んで行くほどの正義感に燃えた無鉄砲な若者だった。そんな兄に、剣之助はそっくりだ。

剣之助は木内清十朗と親しいわけではない。そんな男のために、剣之助は夢中で訴えるのだ。

「木内さまは悩んでいるのです。苦しんでいるのです。占い師のところに通っているのも、自分がどうしていいかわからず……」

「待て、剣之助」

剣一郎は手を上げて、剣之助を制した。

「今、占い師と言ったな。占い師とは？」

剣一郎はある男を思い浮かべたのだ。

「深川仲町に、『夢見堂』という人相見がいるそうです。木内さまはそこに相談に行っているみたいです」

続木源次郎だ。剣一郎は吐息をもらした。

「わかった。木内自ら私にすべてを話すように説得せよ。二日待とう。それ以上経っても、木内が来ないのなら、木内を拘束し、お紺を奉行所で保護する。ただし」

剣一郎はきつい口調で、

「よいか。木内を説き伏せたことを夜烏一味に悟られてはならぬ。もし、ばれたことを知れば、夜烏の十兵衛は木内清十朗やお紺を生かしてはおくまい」

「はい」

剣之助は緊張した声で応じた。

「それに、たとえどんな事情からであろうが夜烏一味に加担した事実は事実。そのことを忘れぬよう」

清十朗が夜烏一味の手掛かりを摑むことを、剣一郎は期待したのだ。

三

神田明神下にある、門構えも立派な料理屋に、剣一郎は入って行った。

女将らしく肥えた女は笑みをたたえて、

「いらっしゃいませ。さあ、お待ちでございます」

剣一郎は編笠を預け、差料をはずして、磨き込まれて光っている廊下を女将の案内で奥の部屋に向かった。

庭の向こう側に、神田明神の神木が見え、大屋根の一部が覗いている。

奥の部屋で、芸者を脇に置いて、続木源次郎があぐらをかいて酒を呑んでいた。

「来たか」

源次郎は盃を持ったまま、冷たい視線を剣一郎に向けた。

「まさか、こんな場所に呼び出されるとは思っていなかった」

きのう、続木源次郎の使いが屋敷にやって来て、この料理屋を指定したのだ。

「あの頃」

芸者の酌を受けながら、

「聖堂の帰りにここを通り掛かったとき、おまえと話したことを覚えているか」

と、源次郎はにやりと笑った。

「こんな料理屋に入ることは、俺たちには一生縁がないだろうと、ふたりで愚痴《ぐち》めいて言ったものだ」

ふたりとも次男坊であり、よほどの幸運がない限り、一生部屋住みで終わる境遇だった。

源次郎は芸者に、

「呼ぶまで座を外してくれ」

と、言った。

芸者が部屋を出て行ったあと、

「あのころは、俺もおまえもごみのような存在だった」

剣一郎の兄は十四歳で与力見習いとして出仕し、有能さは誰からも認められていた逸材であった。

常に兄と比較されていた剣一郎は元服後、自分の生きて行く道が閉ざされていることを知った。そして、同じ境遇にあったのが続木源次郎だった。

ふたりはいつしかお互いの不運をなぐさめあうようになっていた。

「だが、おまえだけ、それが適《かな》う身分になった。おまえの悪運が強かったのだ」

源次郎は吐き捨てた。

兄のことを言っているのだ。未だに、あの当時のひがみを抱えている源次郎に、剣一郎は薄《うす》ら寒い思いがした。

剣一郎に予想だにせぬ事態が出来《しゆつたい》したのは、剣一郎が十六歳のときだった。兄の死である。

兄とふたりで外出した帰り、商家から飛び出して来た強盗一味と出くわしたのだ。与力見習いだった兄は剣を抜いて対峙した。が、真剣を目の当《ま》たりにして、剣一郎は足が竦《すく》んで動けなかった。道場では兄に肩を並べるほどの腕前であるのに……。

兄は強盗を三人まで倒したところで四人目に足を斬られたのだ。

兄の非業の死によって、剣一郎は兄に代わって家督を継ぐことになった。部屋住みの悲哀から解き放たれたのだ。

そのことがあって、続木源次郎の人間性が変わっていったのだ。

俺のほうがおまえより有能だ。それなのに、おまえは世に出られ、俺は埋もれていく。そんな理不尽なことがあるか。

源次郎は剣一郎の顔を見るたびににくにくしげに言い、やがて学問所をやめて行った。

「なぜ、学問所をやめたのだ。どこで、何をしていたのだ?」

あの頃の源次郎の荒んだ心に同情し、剣一郎は感傷的になってきいた。

「まあ、いろいろとな」

源次郎はにやりと笑ったあとで、ふいに表情を変え、

「俺は、世の中を恨んだものだ。才のある俺が次男坊という理由で埋もれているのに、同じ次男坊のおまえが世に出られる。そんな理不尽なことがあるかとな」

「しかし、おまえほどの才があれば、いつか日の当たるときが……」

「そんなことは気休めだった。俺は十年以上も冷や飯を食い続けてきたのだ。だが、五年前、おまえにあんな形で再会し、俺は目が覚めたのだ」

女の家で、源次郎は女物の寝間着姿で呑んだくれていたのだ。

「あれから、俺は再起をはかった。おかげで、俺も今じゃ、この店で客として扱われるようになった」

「それはよかった」

剣一郎は、源次郎から敵意のようなものを感じ取っていた。

その敵意が、夜鳥の十兵衛と結びついたのではないか。そのことを見極めるように、剣一郎は相手の目を凝視した。

「まさか、源次郎が『夢見堂』という人相見になっていようとは想像もしなかった。さぞかし、いろんな人間が相談に来るのだろうな」

剣一郎が探りをいれるようにきくと、源次郎は口許に冷笑を浮かべた。

「ひとは皆、迷っている。悩みを抱えて生きているのだ。剣一郎、おぬしの悩みもますます深刻になっている」

源次郎は射るような視線を向けた。

「その中に夜鳥の十兵衛はいたのか」

「いたかもしれぬし、いなかったかもしれぬ。名を騙《かた》ってきたとしても、俺は実の名を問い質《ただ》したりはせぬ。いろいろな事情を抱えているものが来るのだ」

「夜鳥の十兵衛は大柄な男で、相当な貫禄の男だ」

「客の数は多いのでな」

源次郎はおかしそうに笑った。

木内清十朗のことは、あえて問わなかった。問うても、正直に答えるはずはなく、また

こちらが清十朗に疑いを向けたことは悟られないほうがよいのだ。

「五年前、夜鳥の十兵衛と会っているのではないのか」

剣一郎は源次郎に迫った。

「あのとき、俺が十兵衛を匿《かくま》ったというのか」

そのときの屈辱を思い出したのか、源次郎は顔をしかめた。

「そうだ」

「その証拠はあるまい」

源次郎はあっさり言う。

「源次郎。おぬしは俺に敵意を抱いているな」

「はて。敵意だと？　なんのことやら」

「抱いてないというのか」

「俺は、とうに武士を棄《す》てた人間だ。おまえのことなど、なんとも思ってはいない。何か、勘違いしているようだな」

源次郎が居住まいを正した。

「どうだ、剣一郎」

正座をし、表情を引き締めて、

「おぬしのために占ってやろう」

と、源次郎は鋭い目つきをした。

「おぬしは、俺が夜鳥の十兵衛の一味ではないかと勘繰って様子を探りにきた。そうではないのか」

剣一郎は黙っていた。

「いや、疑っている顔つきだ。どうだな」

「図星だ」

「うむ。それで、俺から夜鳥一味がいつ、どこを襲うか、探り出せないかと思っている。そうだな」

「そのとおりだ」

剣一郎は正直に言う。

源次郎の目が鋭い光を放つ。その視線を剣一郎は受け止めた。

「先日、おぬしの人相を見た。そこに敗者の相が出ていた。言ってみれば、死相だ。それは、今ますます強まっている」

源次郎は剣一郎に人差し指をつきつけ、

「おぬしがこの運命から逃れる法はただ一つしかない。さもなければ、死ぬ」

「どうすればいいのだ？」

剣一郎は源次郎の目を見つめたまま言いた。

「向こう三日間、病と称して仏間に閉じ籠もることだ。屋敷から一歩も外に出てはならぬ。さらに、家族以外の者とも一切会ってはならぬ。これを守りさえすれば、おぬしは一命を取り留めよう」

「無理だな」

剣一郎は毅然《きぜん》として言う。

「俺には役目がある」

「俺の言ったことを守るか、守らぬかは、おぬしの問題だ。だが、守らねば、おぬしは必ず死ぬ」

「死ぬとしたらいつだ？」

「三日後の四月四日だ。四日の夜九つ（午前零時）までに息絶えるであろう」

「四日か。死ぬとしたらどこでだ？」

「川の近くだ」

「隅田川か」

「いや、堀だ」

「もし、四日を過ぎても生きていたらどうする？」

「そのようなことはあり得ない。が、万が一、生き延びたとしても、さらなる試練が待っている」

「さらなる試練？」

「敗者の屈辱だ」

「四日に夜鳥の一味が堀に近い商家に押し込む。そこに駆けつけた俺が夜鳥の一味に殺される。万一、生き延びても、夜鳥の一味の押込みを防げなかった責任を一身に負うことになる。そういうことだな」

源次郎は剣一郎の視線を受け流し、

「具体的なことまではわからんよ。ただ、おぬしの運命が四日で切れているということだけだ」

「そうか。四日か」

夜鳥の十兵衛は、源次郎の口を借りて、押込みの日を教えているのだ。

それだけの絶対の自信を持っているのに違いない。

四日と見せかけて、その前日に押込みを働くことも考えられなくはないが、源次郎がきっぱり言い切ったのだから、四日をずらすことはしまい。これは、単なる押込みではなく、剣一郎や奉行所に対する挑戦だからだ。

「源次郎。わかった。夜鳥の十兵衛に言っておけ。四日、今度こそおまえをお縄にするとな」

「さて、なんのことか」

源次郎は姿勢を崩し、再びあぐらをかいて、

「そろそろ、酒にしよう」

「いや、帰る。おぬしと酒を呑んでいる暇はない」

「そうだな。早く帰って、さっそく仏間に閉じこもることだ」

くっくっという引きつったような笑い声を背中に聞いて、剣一郎は座敷を出た。

押込みは四日だ。あとは場所だ。場所さえわかれば、と剣一郎は空を見上げた。

それから、編笠をかぶり、神田佐久間町にある紙問屋『河内屋』の前を通り掛かった。

ここの下働きの男は三年前に雇い入れたという。広小路はおおぜいのひとが行き交っているが、少し離れたところに飴細工売りが屋台を広げており、そこに遊び人ふうの男の客がいる。飴細工を売っている者は隠密廻り同心が化けているのだ。

それから、剣一郎は日本橋本町に向かった。

川村有太郎の報告によれば、薬種問屋の『長生堂』の下働きの男に怪しい動きがあるというのだ。

人通りの激しい往来だ。剣一郎は『長生堂』の前に近づいた。

托鉢僧とすれ違った。巧みに化けているが隠密廻り同心だ。いろいろな方法で、『長生

堂』を見張っている。

だが、もし、狙いが『長生堂』なら夜鳥の一味も同じように『長生堂』に近づいている可能性がある。確かに、下男の行動は怪しい。だが、もう一つ、はっきりした証拠が欲しかった。

果たして、狙いは『長生堂』なのか、それとも別の場所か。

襲撃の四日までに狙いが絞れなければ、当夜は、場合によっては捕方をそれぞれに分けて待機させることも考えなければならない。

すっかり、夜鳥の十兵衛に翻弄されていると、剣一郎は苦いものを呑み込んだように顔をしかめ、編笠の内から『長生堂』の店先を見つめた。

四

四月二日の夕方。剣之助は本郷菊坂町のお紺の家を見ていた。

さっき、岡っ引きの繁蔵が酒屋の番頭に姿を変えて、お紺の家に入って行ったのだ。やがて、繁蔵が戻って来た。

「どうでしたか」

「いるようですぜ」

「そうですか」

きょう、清十朗は急病と称して奉行所を休んだのだ。

「あの家にはお紺の他に住込みの女中がいるんですがね、どうもこの女中っていうのが気にくわねえんで」

「気にくわないと言うと？」

「ひょっとしたら、お紺の見張り役ではないかと思うんです。ですから、話を聞かれないように注意しねえと」

「わかりました」

剣之助はふうっと深呼吸をし、

「では、行ってきます」

「だいじょうぶですかえ」

「はい」

と気丈に返事をし、剣之助はお紺の家に向かった。

周辺に夜烏一味の目がないことは繁蔵と子分が歩き回って確かめてあった。

「ごめんください」

剣之助は格子戸を叩いて声を上げた。

やがて、奥から物音がして、住込みの女中らしい年増が出て来た。

「どちらさまで」

「私は青柳剣之助と申します。木内さまにお会いしたくまいりました。ぜひ、お取り次ぎを」

「そのようなお方はこちらには」

「いいえ。いらっしゃいます。青柳剣之助がお会いしたいとお伝えください」

すると、障子に影が差した。

「あっ、木内さま」

「おぬし、どうしてここが」

清十朗が青ざめた顔できいた。

「あっ、やっぱり木内さまでしたか。じつは、さっき偶然に木内さまをお見かけして……、それで、ちょっと相談に乗っていただきたいことがありまして」

女中の耳を意識して、剣之助は曖昧な言い方をした。

「木内さま。少し、外に出られませんか」

剣之助は真剣な眼差しで迫るように言った。

「わかった。この家から少し奥に行くと小間物屋がある。そこの角を曲がってしばらく行くと小さな稲荷がある。そこで、待っていてくれ」

「わかりました。では」

剣之助は頭を下げて、格子戸を出た。

言われたとおりに歩いて行くと、小さな小間物屋があり、角を曲がった。繁蔵がついて来るのがわかった。

やがて、小さな鳥居の朱が剥げている稲荷社が見えてきた。その前で待っていると、清十朗が難しい顔でやって来た。

清十朗は黙って素通りした。剣之助はあとを追う。

稲荷社の後ろが草っ原になっていた。そこに枝を伸ばした大きな銀杏の樹があり、清十朗はその下で立ち止まった。

振り向いた清十朗の形相は悪鬼のようになっているかもしれないと恐れたが、予想に反して穏やかなものだった。

「いつからわかっていたのだ？」

「じつは、私も佃町にある『和田屋』という店に通っておりました。その帰りに、木内さまを見かけました。洲崎弁天で貞八という男と会った日です」

「そうか。知っていたのか」

清十朗は落ち着いていた。

剣之助はその落ち着いた態度にかえって不安を募らせた。やはり、死ぬ気なのだと頭がかっと熱くなった。

「木内さま。死んではいけません」

剣之助は夢中で訴えていた。

「まだ、やり直しがききます」

清十朗は驚いたように目を見開いていた。

「なぜ、そう思うのだ？」

「私は見てしまいました」

「見た？　何をだ？」

「お堀端で小間物屋と話しているところを、です。捕物出役のあった日」

清十朗からすぐに声が返ってこなかった。

奇妙な声が聞こえた。目を伏せていた清十朗からだ。笑っているとも泣いているともとれる声だった。

清十朗から声が消え、ゆっくり顔を上げた。

「やはり、おてんとさまは見ていたのか。おぬしの目を借りてな」

自嘲気味な声だ。

「そこまで知られては、もう終わりだ。いや、もうとっくに終わっていた。もう奉行所には戻れないな」

「そんなことはありません。まだ、やり直すことが出来ます」

「いや、もうだめだ。夜鳥の一味に手を貸してしまったのだ。事情がどうあろうと、取り返しのつくことではない。私とて、自分のやったことの大きさはわきまえている」

「違います。あの捕物出役にしても、夜鳥の十兵衛が奉行所を翻弄しようと仕組んだこと。まだ、夜鳥の一味は仕事さえしていません。この夜鳥の一味の仕事を防ぐ手柄を立てれば、十分に申し訳が立つのではありませんか」

清十朗は怖《こわ》い顔つきになった。

「貞八という男を殺したのは木内さまではないのでしょう。木内さまは何もやっていないのではありませんか。威《おど》されて、やむなく捕物出役のことを知らせただけじゃありませんか。ここで、夜鳥一味の野望をくじく手掛かりをつかめば十分に取り返しがつきます」

「お絹は貞八のために苦しんでいた。貞八のことを教えてくれたのは、金兵衛という男だ。金兵衛の手筈《てはず》で、貞八と洲崎弁天で会った。そこでお絹と別れてくれと頼んだが、貞八は聞き入れてくれなかった。そのあと、貞八が殺された。すると、金兵衛は私を下手人だと訴えると威《おど》したんだ。あの夜、貞八に会っていた私は身の潔白を証明する術がなかった。だから、そなたの言うとおり、私は威されてあのような真似を……」

ゆっくり夕闇が下り、だんだん清十朗の顔も翳《かげ》ってきた。

「私に何が出来る。夜鳥一味の手掛かりをつかむなど無理だ」

清十朗は自嘲気味に呟く。

「無理じゃありません。お紺さんを身請けした金兵衛という男は夜烏の一味なのではないのですか。それより、あの家にいた女中も一味ではないのですか」

剣之助は一歩前に踏み出し、

「夜鳥の十兵衛は、大きな仕事をするはずです。押し入った先で、またたくさんのひとが殺されるはずです。いいのですか、罪のないひとたちが殺されても」

清十朗の体が小刻みに震えてきた。

遠くから暮六つ（六時）の鐘がなりはじめている。辺りはすっかり暗くなっていた。その暗がりから人影がぬっと現れた。

清十朗ははっと身構えた。

「安心してください。木内さまの手伝いをしようとしている繁蔵親分です」

「繁蔵と申しやす。同心の川村有太郎の旦那から手札をいただいております」

「岡っ引きか」

清十朗の声が喉にひっかかった。

「繁蔵親分は貞八殺しを調べていて、木内さまに行き当たったのです。でも、事情はわかってくださっています」

剣之助は清十朗をなだめるように言う。

「木内さま。貞八殺しは金兵衛という男に違いありやせん。貞八を別の場所で殺して洲崎に運んだんです。おそらく、金兵衛は夜烏の一味です。木内さまの弱みを握るために貞八を殺し、そしてお紺を人質にとるため身請けしたと見当をつけておりやす」

繁蔵は低い声で訴える。

「夜烏の一味が近いうちに、どこかを襲う可能性が高いのです。今となっては、夜烏の十兵衛の手掛かりをつかむのは木内さましかいません。どうか、お力を」

清十朗は唇を噛んだまま、顔を天に向けていた。

やがて、静かに顔を戻した。

「わかった。なんとかやってみよう」

清十朗は震えを帯びた声で言った。

お紺のもとに戻る清十朗が先に引き上げたあと、間を置いて剣之助と繁蔵も来た道を戻った。

「あっしはここをもう少し見張っています。どうぞ、剣之助さんはお引き上げください」

お紺の家の見える場所に来て繁蔵が言うので、剣之助は先に引き上げた。

本郷から聖堂の脇を下り、湯島一丁目を抜け昌平橋を渡った。そのとき、背後からすたすたと歩いて来る足音を聞いた。

かなたに辻番屋の提灯の明かりが見えるが右手は武家屋敷の塀が続き、左手は草むらである。

足音がだいぶ近づいて来た。

「剣之助さん、振り返らず、そのまま」

あっ、この声は、と剣之助は振り返ろうとしたが、思い止まり、そのまま足を進めた。

「ずっとつけている男がいます。ひとりやふたりじゃありませんぜ。いいですか。あっしが合図をしたら、須田町まで一目散に突っ走ってください」

父の手伝いをしている文七だった。

股引《ももひ》きに尻端折《しりっぱしょ》り、半纏《はんてん》を着た職人姿に身を変えていた文七は、剣之助を追い越して行った。

このまま行けば須田町に向かう。剣之助は同じ歩調を守ってきたが、突然、指笛が鳴った。それを聞くや、一目散に駆け出した。

すると、背後であわてた声と共に、足音が重なって地鳴りのように聞こえた。

須田町の街角まで走って振り返ると、もう追手はなかった。しばらく待ったが、文七も姿を現さなかった。

剣之助を尾行してきたのは夜鳥の一味であろう。それにしても、なぜ剣之助を尾行してきたのか。それより、どうして剣之助のことがわかったのか。

「あの女中だ」

お紺の家にいた女中を思い浮かべた。

あの女が仲間に知らせたのに違いない。仲間の隠れ家があの近くにあるのか。それとも……。そう考えたとき、剣之助はあっと悲鳴を上げそうになった。お紺の家を張っていることは、最初から夜烏一味に筒抜けだったのか。夜烏一味が剣之助を狙ったということは……。

剣之助は慄然とした。繁蔵親分が危ない。剣之助はもう一度本郷に戻ろうとし、駆け出そうとしたとき、ふいに前を遮った男がいた。

「文七さん」

「どこへ行きなさる」

「本郷だ。繁蔵親分がひとりなのだ」

「だめです。今、戻るのは危険です」

「いや、俺を襲おうとしたのなら親分にだって」

「奴らは、まず剣之助さんを襲ったあとに親分を手にかけるつもりでしょう。わかりやした。あっしが一足先に行きます。剣之助さんは誰かに応援を頼んでください。ただし、剣之助さんはお屋敷に引き上げてください。よろしいですね」

「わかった。文七さん、気をつけて」

文七は本郷に向かって八ツ《や》辻《つじ》ケ原《はら》の暗闇に溶け込んで行き、剣之助は近くの自身番に飛び込んだ。

「私は八丁堀与力の青柳剣一郎の伜で、剣之助と申す。本郷菊坂町で、八幡鐘の繁蔵親分が危ない目に遭おうとしている。定町廻りの川村有太郎さまを探して、すぐ駆けつけるように伝えてください」

「わかりやした」

自身番の者がすぐに立ち上がった。

剣之助も自身番を出ると、木戸番の番太郎が番小屋から出て来て、

「何かお手伝いすることでも」

と、言ってくれた。

「かたじけない。じゃあ、いっしょに本郷菊坂まで行ってくれますか」

「よござんす」

たくましい体の番太郎が言った。

剣之助と番太郎は文七のあとを追うように八ツ辻ヶ原を駆け抜け、昌平橋を渡った。

すると、湯島横町から歩いてきた同心と出会った。

「あっ、京之進さま」

「おう。剣之助さん。どうなすった、そんなにあわてて」

「わけはあとで話します。本郷菊坂まで」

剣之助は再び走り出した。

京之進も供の小者といっしょに、裾を翻《ひるがえ》して走った。

本郷菊坂町にやって来た。

黒板塀のお紺の家はひっそりしている。いつも見張りに立っている場所に繁蔵の姿がなかった。

そうだ、文七はと辺りを見回したが、文七の姿もない。

「おう、こいつは」

京之進が声を上げた。

剣之助が顔を向けると、京之進は煙草入れを手にしていた。

「あっ、それは」

剣之助は煙草入れをひったくるようにして手に持った。

「これは繁蔵親分のものです」

「そうか。どうやら、ここで襲われたな」

「親分……」

剣之助は絶望的な声を出した。

そこに走って来る人影があった。

「川村さま」

川村有太郎が目を剝いて走って来た。

「繁蔵はどうした？」

「わかりません。これがここに落ちていました」

剣之助が煙草入れを差し出した。

「こいつは繁蔵のだ」

川村有太郎は呻くように言う。

「ちくしょう。夜鳥め」

「川村さん。繁蔵はここで何をしていたのですか」

京之進の質問は剣之助にも向けられた。

「じつは、繁蔵は当番方与力の木内清十朗どのを見張っていたのだ」

「木内清十朗どのを？　いったいどういうことなのですか」

京之進は迫った。

「私がお話しいたします」

剣之助は一歩前に出て、京之進に説明した。

その間、京之進の顔つきが変わっていくのがわかった。

「これは秘密を要することだったのだ」

川村有太郎が弁解するように言う。

「わかりました。すると、あの家がお紺なる者の囲われている家」

「そうです。木内さまがいらっしゃっていました」

「繁蔵が襲われたとなると、木内どのの身にもしや……」

川村有太郎が不安そうに呟いた。

「行ってみましょう」

京之進が言う。

「よし、こうなったら止むをえん。木内どのを保護しよう」

川村有太郎も頷いた。

まず、剣之助が先に立ち、格子戸の前に立った。

戸を叩いてから格子戸を開けて呼びかけたが、応答がない。奥も真っ暗だ。

「よし、上がってみよう」

川村有太郎が草履を脱いで部屋に上がった。続いて、京之進と剣之助も上がった。

小者が行灯《あんどん》に火を入れた。

「木内さま」

剣之助は大声で呼びかけた。

京之進は二階に上がって、しばらくして下りて来た。

「いません」

「こっちもいなかった」

台所まで見てきた川村有太郎が言う。

剣之助は庭に面した部屋から濡れ縁に出た。

「争ったあとはない。逃げたんだ」

川村有太郎が言う。

清十朗が自分の意思で逃げたとは思えない。夜鳥の一味にどこぞに連れ去られたのではないか。剣之助はそう思った。

須田町の番小屋からついてきた番太郎が駆け込んで来た。

「おりました。繁蔵親分は無事でした」

「ほんとですか」

剣之助が安堵の胸をなでおろしてきいた。

「はい。近所で聞いたら、誰かが数人の男に襲われて本妙寺《ほんみよう》に逃げ込んだというので、そこに行ってみると、庫裏《くり》で傷の手当てを受けておりました」

「よし、行ってみよう」

京之進を残し、川村有太郎と剣之助は本妙寺に向かった。

山門を入り、本堂の横にある庫裏に行くと、出て来た僧侶が奥の部屋に案内をしてくれた。

繁蔵が横になっていた。

「繁蔵」

川村有太郎が繁蔵に駆け寄った。

「あっ、旦那。面目ねえ。いきなり、襲われた」

繁蔵が体を起こそうとして呻いた。右肩から包帯が巻かれていた。

「親分。よかった」

剣之助は安心したように声をかけた。

「剣之助さん。心配かけてすまなかった。名も知らぬひとに助けてもらった」

「いったいどうしたと言うのだ？」

川村有太郎がきいた。

「へえ。剣之助さんと別れたあと、お紺の家を見張っていたんです。半刻近く経った頃、いきなり数人の頬冠りをした男が襲ってきやがったんです。必死で相手の匕首を防いでいたんですが、もうだめだと思ったとき、助けに入ってくれたひとがおりやした」

「文七さんです」

剣之助は口をはさんだ。

「そうですかえ。文七さんと言うんですか。ともかく、その文七さんが敵を蹴散らしてくれている間に、あっしはほうほうの体で、この寺に逃げ込んだんです。この庭の繁みに隠れていると、ここの坊さんが見つけてあっしをここまで運んでくれたってわけです」

「剣之助どの。その文七というのは？」

「はい。父の手助けをしてくれているひとです。父に頼まれて、私を見守ってくれていたようなのです。さっき私が襲われそうになったのを助けてくれ、それから繁蔵親分のところに駆けつけてくれたのです」

「そうか。改めて礼を言いにいこう」

川村有太郎が言った。

「剣之助さん。向こうはどうなっています？」

繁蔵はお紺の家のことをきいているのだ。

「誰もいません。もぬけの殻《から》でした」

剣之助は改めて木内清十朗のことが心配になってきた。

## 五

その夜、剣之助から事情を聞き終えると、剣一郎は深いため息を漏らした。

（殺されるかもしれない）

夜烏の十兵衛は木内清十朗を、用済みと考えるであろう。利用出来ないとわかった者を生かしておくほど、夜烏の十兵衛は寛大ではない。

剣之助を襲い、繁蔵を襲ったのも、もはや清十朗は役に立たないと考えたからであろう。もっとも、押込みの日を明後日に控えているのだ。もう清十朗に用はなかったはずだ。

そう思いながら、剣一郎は何かにひっかかった。

今夜のことは、夜烏の十兵衛の計画に何か歪みでも生じさせることとなのか、それともまったく痛くも痒《かゆ》くもないことだったのか。

はじめから、用済みになれば清十朗とお紺を始末するつもりだったに違いない。だが、きょうまで生かしておいたということは、まだ清十朗に何かやらせようとしていた可能性がある。

それは、やはり四日の日の奉行所の動きだろう。どこに捕方を配置するか。その情報を得たかったはずだ。

ようするに、今回のことは夜烏一味の計画をたとえ僅かでも狂わせたと言えるかもしれない。

そこまで考えて、またも続木源次郎の顔が剣一郎の脳裏をかすめた。

いや。このようなことがあった場合に備えて、次善の策を当然用意しているはずだ。

「父上、私が不用意に木内さまを訪ねたのがいけなかったのです」

剣之助はすべての責任が自分にあるように悄然《しょうぜん》と言う。

「いや。違う」

剣一郎は表情を厳しくし、

「夜烏の一味は以前から剣之助や繁蔵があの家を張っていることに気づいていたのだ。それなのに、何も手出しはしなかったのだ。今夜に限って襲い掛かったのはまったく違う意味があるはずだ」

「違う意味とは？」

剣之助が身を乗り出した。

「一つは、明後日に押込みを控え、もはや用がなくなったから始末しようと思っていた。そこにたまたま剣之助が清十朗に接触しただけで、結局は同じように襲われただろう」

「でも、夜烏の一味は明後日の奉行所の配備が気になっていたのではないですか。それを木内さまから聞き出そうとはしなかったでしょうか」

「確かに、わしも最初はそう思った。だが、よく考えてみろ。我々は清十朗の秘密を嗅《か》ぎつけたのだ。そして、我々が嗅ぎつけたことを夜烏一味が気づいていたのだ。なにしろ、剣之助と繁蔵が見張っていたのだからな」

「はい」

「そんな状況の中で、清十朗が寄越す情報を夜烏一味は信じるだろうか。もしかしたら、そのように言わされていると考えるのではないか。ようするに、剣之助や繁蔵に見つかった時点で、清十朗は用済みになっていたのだ」

「では、すぐに殺さなかったのはなぜなんでしょうか」

「わからん。押込みの日まで待って始末するつもりだったのか……」

剣一郎もそのことになるとわからなかった。

「ただ、もし殺すとするならお紺の家で殺してもよかったはずだ。それをどこかに連れて行ったのは押込みの日まで生かしておくつもりなのかもしれない」

「なんのために生かしておくのでしょうか」

「わからん」

剣一郎は腕組みをした。

「父上、文七さんは遅いですね」

もう九つ（午前零時）になろうとしている。今夜は遅いので、明日の朝に来るつもりなのか。

「たぶん、文七は賊のあとをつけたのだ」

「ほんとうですか」

「その点は抜かりのない男だ」

頼んだぞ文七、と剣一郎は内心で期待をしていた。

翌朝、文七がやって来た。

「文七、ご苦労だった」

「へい」

濡れ縁の前で、文七が畏まった。

「見つけました。木内清十朗さまの居場所がわかりやした」

「そうか。よくやった」

「木内さまとお紺という女は本所四ッ目橋《よめ》の近くにある百姓家の納屋に荒縄で縛《しば》られて監禁されていますぜ」

「見張りは?」

「四、五人ってところでしょうか」

「そこには夜鳥の十兵衛やつむじ風の弥助はいないのだな」

「おりません」

「木内さまが見つかったのですか」

剣之助がいきなり飛び込むようにやって来た。

「はい。本所四ッ目橋の近くにある百姓家に監禁されております。神田川まで連れて行かれ、舟で運ばれたのだと思いやす」

「父上。どういたしますか」

剣一郎は腕組みをしていたが、

「しばらく様子をみよう」

「えっ、どうしてですか」

「監禁しているということはすぐには殺さないとみていい。殺すなら、とうに殺しているはずだ」

「ですが、いつ気が変わって殺すかもしれません」

「いや、しばらく待て。よいな、夕方まで待て」

腕組みを解いて、剣一郎は言った。

その日の昼下がり、剣一郎は深川仲町にある『夢見堂』に行った。

相変わらず、客が並んでいる。四半刻（三十分）ほど待たされて、剣一郎は源次郎の前に座った。

源次郎は威儀を正したまま、

「尋ね人でござるな」

と、いきなり言う。

「そうだ。その名も知っておろう」

「そこまでは無理ですな。ただ、仕事のお仲間、つまり与力であろうことはわかります」

「さあて。それは人相からではわからない」

そう言って、源次郎は筮竹《ぜいちく》を取り出した。

まず、半分に分け、さらに半分に分ける。

「なるほど」

源次郎は真顔で、

「丑寅《うしとら》（北東）と出ておる」

「ここから見て丑寅だな」

「さよう。小名木《おなぎ》川より北、横《よこ》川より南」

「さらに詳しく」

「そうだな」

また筮竹を五十本混ぜ合わせた。茶番だ。源次郎は当然、清十朗が監禁されている場所を知っているのだ。

いや、監禁を源次郎が指示したのかもしれない。軍師として……。

「そう遠いところではないな。川の傍。橋の傍と出た」

「竪《たて》川か」

「そうかもしれぬ」

「どこにおる？」

「橋は四ツ目橋」

「そうだ。その界隈を探せば、必ず見つかるだろう」

「尋ね人は無事か」

「さよう」

また、わざとらしく筮竹を使う。

「今のところは無事だ。ただし、尋ね人の運命は今夜までだ」

「明日は死ぬというのか」

「いや、わからぬ。わかっているのは、今夜までは無事だということだ」

源次郎は微笑《ほほえ》んだ。が、目には刃を呑んだような敵意に満ちた光が放たれている。

「源次郎。尋ね人とは木内清十朗だ。知っておろう」

「さて」

「ここにも来たはずだ。今度は俺がおぬしの人相を見てやろう」

「おもしろい。やってもらおうか」

源次郎は挑むように言う。

剣一郎は源次郎の顔を凝視し、

「おぬしは今、大きな間違いをしようとしている。いや、今までの生き方そのものが間違っていた。つまらぬことに執着《しゆうちやく》し、世を拗《す》ねた。それが、せっかくのおぬしの才を封じ込めてしまった」

源次郎の頬がかすかに動いた。

「もっと素直になれば、おぬしほどの人間は大きく羽ばたけたはずだ。だが常に負け犬根性でしか、ものを見られない」

助手の女が異様な雰囲気に耐えかねたようにそっと部屋を出て行った。

「どうだ。今までのところで間違っていることがあるか」

「最後まで聞こう」

源次郎が低い声を出した。

「五年前。そなたはある人物と出会ってしまった。それもふたりだ。ひとりは、青痣与力、つまり俺だ。そして、もうひとりが夜鳥の十兵衛という盗賊」

「なるほど」

「夜鳥の十兵衛は青痣与力を逆恨みをした。そして、同じように青痣与力に憎しみを持っていたおぬしとすぐに同じ目的で結びついた」

「まるで見てきたように物を言うな」

「人相に出ている」

源次郎は口許を歪めて笑った。

「同じ目的とは、青痣与力に復讐することだ。もっとも夜鳥の十兵衛は奉行所にも一泡吹かせる目的があった。おぬしは……」

「もうよい。そなたの作り話に付き合っている暇はない。客が並んでいるのでな」

「わかった。だが、一つ、確かめたいことがある。ここに佃町の『三升家』のお紺がまず来て、その縁から清十朗がやって来た。清十朗が八丁堀与力だと知り、おぬしは清十朗を籠絡することにした。そういうことだな」

「おぬしの青痣がますます不吉な色を帯びてきている。先日、私が言ったことを忘れたようだな」

「覚えている。仏間に閉じこもっておれ。さもなければ命を落とす。その期限が明日。そうであったな」

「そうだ。わしの占いは恐ろしいほどよく当たるとの評判を、そなたは耳にしたことはないのか」

「聞いた。だが、俺は俺のやり方でいく。邪魔をした」

「見料を忘れぬようにな」

剣一郎は『夢見堂』を出てから源次郎とのやりとりを振り返った。

まったくの出鱈目《でたらめ》を言い出すのかと思っていたが、木内清十朗の居場所をほぼ正確に源次郎は口にした。こっちが監禁場所を探しあてたことは当然、源次郎は知らないはずだ。

まさか、そこに剣一郎を誘《おび》き出そうとしているのか。

そうか、と剣一郎は気がついた。清十朗を殺さない理由がそこにあるのだ。

ならば、清十朗はすぐには殺さないはずだ。だが、へたに乗り込めば危険だと、剣一郎は警戒した。

だが、源次郎は今夜の命だと匂わせていた。今夜中に助け出さなければならない。剣一郎は仙台堀にある船宿に駆け込んだ。

六

剣一郎が舟で奉行所に向かっている頃、奉行所内の動きはあわただしくなっていた。なにしろ、明日の夜、夜鳥の一味が押込みを働く可能性があるからだ。それに対して、未《いま》だに押込み先を予測出来ずにいるのだ。

剣之助は別な焦燥感に包まれ、当番所の部屋にいても落ち着かなかった。もっとも奉行所内全体が落ち着きをなくしていた。

「おい、木内はいったいどうしたんだ?」

そう声を荒らげたのは吉野滝次郎だった。

「わかりません。ただ、木内の家の者が病気で休むと連絡してきました」

工藤兵助が応じる。

「ちっ。勝手な奴だ。こんなときにいないなんて」

「いても役に立たないでしょうが」

工藤兵助が言うと、周囲から笑いが漏れた。

剣之助はまたも胸に焼き鏝《ごて》を当てられたような痛みを覚えた。

こうしている今にも、清十朗は命を奪われるかもしれないのだ。そこまで追い込んだのは誰だと、剣之助は膝に置いた手を力いっぱい握りしめた。

吉野滝次郎や工藤兵助らの笑い声が、いつしか清十朗の悲鳴に変わっていた。このままでは清十朗が危ない。

剣之助は叫ぼうとした。だが、またもすぐに気が萎《な》えた。自分より年上の当番方与力が大勢集まっている中では吹けばとぶような見習いの剣之助など歯牙《しが》にもかけられない。そんな若輩の者が訴えても、一顧だにされないだろう。青痣与力の伜が生意気なことを言っていると聞き流されるだけだ。

いや、それより、今度は剣之助への嫌がらせへと発展するに違いない。今でさえ、同じ見習いの仲間からは爪弾《つまはじ》きにされているのだ。

そう考える一方で、監禁されている清十朗の顔が過《よぎ》った。清十朗のために何か言わなければ、自分も卑怯《ひきょう》者になる。剣之助はそう思った。

急に頭の中が真っ白になった。そして、気がついたとき、剣之助は立ち上がっていた。

指を向けた。

「あなた方は卑怯だ」

剣之助は吉野滝次郎を指さし、次に工藤兵助を指さし、さらに周囲にいる者たち全員に指を向けた。

「木内さまが何をしたというのですか。あなた方に悪さをしたのですか。どうして、そんな弱い者いじめをするのですか。そのために木内さまがどんな思いをしているのか、あなた方は知らないでしょう」

突然の剣之助の剣幕に、一同は呆気に取られていた。

「そんなことで、町の人々の平安を守る仕事が出来ると思っているのですか。恥を知ってください」

「青柳。いくら、青痣与力の威を借りていても、それは言い過ぎだ」

工藤兵助が立ち上がって、剣之助の前に立ちはだかった。

「工藤さま。そして、吉野さま。おふたりが一番悪い」

「なんだと」

吉野滝次郎まで立ち上がった。

「何度でも言います。あなた方は木内さまにどんなことをしたのか、覚えていますか。木内さまの書類を隠したことはありませんか。木内さまのお弁当に馬糞を詰めたことはありませんか」

返答に窮したように、工藤兵助は口を半開きにしたまま剣之助を睨んだ。

「あなた方は仕事でのいらいらを木内さまにぶつけて、不満の捌《は》け口にしているだけじゃないですか。それが卑怯ではないんですか」

剣之助がさらに周囲の者にも目をはわせ、

「あなた方だって卑怯だ。木内さまが困っているのを見て、いっしょになって笑っていた。直《じか》に手を下さなくとも、あなた方だって同罪です。もちろん」

剣之助はそこで言葉を切った。そして、大声で叫んだ。

「何も言わなかった私も同罪です。私たち全員はよってたかって木内さまを追い込んで行ったんです」

剣之助は叫びながら胸の底から込み上げてきた。

「私たち全員は……」

同罪だともう一度言おうとしたが、胸が詰まって声にならなかった。

いきなり、剣之助は踵を返して廊下に出た。そして、そのまま奉行所を飛び出し、数寄屋橋御門を渡り、お堀端を走った。

息を切らして、剣之助は足を止めた。

穏やかな陽射しがお堀を照らしている。お城の屋根の上に白い雲がかかっていた。

剣之助の顔は涙で濡れていた。感情が激してきたのだろうが、自分でも涙が込み上げてきたのは意外だった。

激しく叫びながら、清十朗の辛さが我が事のように身に染みてきたのは事実だ。それに、孤独な自分の姿が重なったのだ。

清十朗の行き着く先はお紺との心中であろう。そう心に決めているらしい清十朗の心が哀れでならない。

今、清十朗はお紺と共に監禁されている。なんとしてでも清十朗を助けたいと思った。今、すぐにでも飛んで行きたい。だが、父は待てと言った。

父はいったい何を考えているのか。

松の樹の横に腰を下ろした。ここにこうしていると、天守の上をゆっくり雲が流れ、その雲の動きよりももっと遅く静かな時が流れていくような気がした。

水音がした。お堀の魚がはねたのだろう。その水面を見ているうちに、およしの顔が見えたような気がした。

深川佃町の娼妓のおよしが微笑《ほほえ》んでいる。

「剣之助さん。よくやったわ」

さっきの訴えに、およしが褒《ほ》めてくれているような気がした。

と、そのとき、土を蹴る足音がした。誰かが走って来る。そのほうに目をやり、またお堀に目を戻したとき、残像が剣之助に刺激を与えた。

はっとして、もう一度顔を向けた。

坂本時次郎だ。時次郎が走って来たのだ。

時次郎は剣之助の前で立ち止まった。腰を曲げ、両手を膝に置いて、はあはあと荒い息をしている。

すぐには声が出せないようだった。剣之助は訝しく立ち上がった。

少し呼吸が収まってきた時次郎が、

「今、青柳さまがお戻りになり、剣之助を探していた」

と、剣之助を眩しそうに見つめていっきに言った。

「父上が」

「そうだ。至急だ」

「わかった」

木内清十朗のことだと悟り、剣之助はすぐに駆け出した。

時次郎もついて来る。

「剣之助。俺はいつかおまえが俺から離れて行ってしまうと思って……」

時次郎が走りながら言う声が風に流れている。

「だから、つい、俺は寂しかったんだ。おまえに……」

およしの言うとおりだった。時次郎は俺が青痣与力の伜ということでちやほやされ、だんだん違う人間になっていくように思えていたのだろう。

「時次郎。そんなことはいい。先を急ぐぞ」

「おう」

時次郎が大きな声で応じた。

御番所に戻り、剣之助は年寄同心詰所に行った。

父の他に年番方の宇野清左衛門、さらに植村京之進の顔があった。

「おう、剣之助どの」

宇野清左衛門が剣之助を認めて声をかけた。

「入れ」

父の言葉に、剣之助は敷居を跨《また》いだ。

「今夜、木内清十朗の救出に向かう。ただ、その後、清十朗をどうするかを考えると、そなたが木内についていてもらったほうがよいのだ」

「わかりました」

「じつは、私はちょっとこれから出かけなければならぬ。救出に向かうのは植村京之進と川村有太郎だ。そなたはふたりに同道せよ。そして、救出したあと、木内を我が屋敷に連れて行くのだ。よいな」

「はい」

剣之助は昂《たかぶ》る気持ちを抑えて答えた。

「当番方の同心も使わず、植村京之進と川村有太郎のふたりでことに当たってもらう。よもやと思うが、万が一に備え、捕物出役はしない」

宇野清左衛門が言った。

奉行所の情報が漏れることを恐れているのだ。

川村有太郎は町廻りに出ており、途中で落ち合うように使いを走らせたという。

「それでは京之進。しかと頼むぞ。なるたけ早く、かけつけるゆえ」

父が京之進に言った。

散会となって、部屋を出てから、剣之助は父に訊ねた。

「父上はどちらへ」

「火盗改めの与力が至急会いたいと言ってきたのだ」

「火盗改め？　夜鳥一味のことで何か」

「おそらく何かをつかんだのかもしれない」

父と別れ、剣之助が当番方の詰所に行くと、時次郎が待っていた。以前の時次郎に戻っているのを感じ取った。

その夜、途中で川村有太郎と落ち合い、数人の小者を連れ、植村京之進と剣之助は竪川沿いを東に向かった。

二ッ目橋、三ッ目橋を過ぎる。だんだん明かりの少ない場所になって来た。

ようやく四ッ目橋に着くと、袂《たもと》の暗がりから文七が出て来た。

「よし、案内してくれ」

へいと、文七は先頭に立って四ッ目橋を渡った。

橋の向こうには田が広がっていて、所々にある百姓家に明かりが灯っていた。

欅《けやき》の樹の下に百姓家が見つかった。

「今は廃屋《はいおく》になっていますが、見張りの連中があそこで寝泊まりしています」

文七が言う。

京之進が母屋のほうを見張り、その間、川村有太郎と剣之助は裏手にまわった。

闇に納屋がぼんやり浮かんでいた。

静かに納屋に近づく。

入口に鍵はかかっていない。川村有太郎が戸に耳を当てて中の様子を窺っている。すると、京之進がやって来た。

「妙だ。母屋に誰もいない」

「いない？」

川村有太郎がきき返した。

「まさか」

京之進が切羽詰まった声を出した。

見張りの者は明日の押込みのために、夜鳥の一味の本拠に移動したのかもしれない。すると、すでに清十朗は殺されている可能性があった。

文七が火打ち石で提灯に火を入れた。仄かな明かりに納屋の板戸が浮かび上がった。

静かに、川村有太郎が戸を引いた。

文七が明かりを中に射し込む。千石通しや鍬《くわ》、木臼に杵《きね》などが押し込まれている。ふと、微かにうめき声が聞こえた。

農具の後ろからだ。そこに明かりを向けると、唇から血を流し、顔を青く腫らした侍が荒縄で縛り上げられていた。口には猿ぐつわをされている。

「木内さま」

剣之助が駆け寄った。

「おう、木内どのか」

川村有太郎も京之進も傍によった。

京之進が清十朗を抱え起こすと、剣之助は猿ぐつわを解いてやった。

「しっかりしなさい」

川村有太郎が声をかける。

　だいぶ衰弱しているのがわかる。相当な暴行を受け、食事も満足に与えられていないようだ。

「お紺さんは？」

清十朗が顔を向けたほうに目をやると、女が倒れていた。気を失っているだけのようだった。

縄を解こうとすると、

「待ってくれ」

と、清十朗がか細い声を出した。

「どうして？」

「このままに」

「なぜ？」

京之進が驚いてきいた。

「奴らの話を聞いた。明日、狙うのは日本橋本町の『長生堂』だ。私が逃げたとわかったら、奴らは明日の押込みを中止するかもしれない。そうしたら、せっかくの機会を逃してしまう。だから、私をこのままにして、早く明日の手を打ってください」

「このまま見捨ててはいけません」

「いや、私とて八丁堀の人間だ。このまま夜鳥の一味に利用されたままでは生きていけない。頼む」

「木内さま」

剣之助は愕然とした。体力も相当弱っているようだし、このあと何が起こるかわからない。危険だ、と思った。

「木内さま。逃げてください」

「いや。頼む。私の言うとおりにしてくれ。そして、夜鳥一味の息の根を今度こそ」

息も切れ切れだ。

「さあ、もう一度猿ぐつわを。同じようにきつく」

清十朗は剣之助に迫った。

剣之助は川村有太郎と京之進の顔を交互に見た。ふたりが同じように目顔で頷いた。

断腸の思いで、剣之助が猿ぐつわをかけた。

元のように戸を閉め、闇の中を一路、奉行所に向かった。

日本橋本町の『長生堂』。そこが夜鳥の十兵衛の狙いだった。剣之助たちは逸《はや》る気持ちで、夜の町をひた走りに走った。

# 第四章　押込み当日

## 一

きょうは朝早くから隠密廻り同心が総出で日本橋本町の薬種問屋『長生堂』の周辺を歩きまわっていた。

それぞれ行商人やお店者、紙屑買い、托鉢僧などに姿を変えている。隠密廻りは常日頃から変装して町を巡回しており、まさにその扮装の人物になりきって、誰も疑う者はいないはずだ。

剣一郎は黒の着流しに一本差し、深編笠をかぶって『長生堂』の前を行き過ぎた。

すでに周辺の民家にわたりをつけ、空いている部屋だけでなく、わざわざ部屋を空けてもらって町方が待機する場所を設けていた。

ゆうべ、剣之助らが戻って来て、木内清十朗の言づけを聞いた。薬種問屋『長生堂』は前々から目をつけていたところだったので、その情報は裏付けになった。だが、じつはもう一つ別なところからの情報が入った。

それは、火付け盗賊改めからであった。火盗改めのほうから会いたいという申し入れがあったのである。

そこで、ゆうべ宇野清左衛門と共に火盗改めの召捕・廻り方の与力菅谷喜八郎《すがやきはちろう》と某所でひそかに会ったのだ。

菅谷喜八郎は鋭い眼光でこう切り出した。

「我らの調べでは、夜鳥一味は押込み場所を二つに絞っておりました」

「二つですと?」

宇野清左衛門が問い返す。

「そうです。奉行所のほうでも絞られた様子。だが、お互いが同じ場所に手を打ったとなると、ちと不都合が生じかねません」

「そのとおりだ」

「そこで、お互いの役割分担をしておきたい」

「結構だ」

宇野清左衛門は望むところだというふうに頷いた。

「その前に、そこで、お互いにつかんでいる情報と照らし合わせてみたいのですが」

「よろしかろう。だが、我らはすでにその場所に手を打ってござる。今さら、そちらにしゃしゃり出て来られると……」

宇野清左衛門が渋い表情になった。

「そこはどこですか」

菅谷喜八郎は険しい顔つきになった。

「まずは、そちらの絞り込んだ二つを教えていただこうか」

「わかりました。一つは深川伊勢崎町にある海産物問屋『三浦屋』、そして、今一つは日本橋本町にある薬種問屋『長生堂』」

「それはどうしてわかったのだ？」

宇野清左衛門が目を見開いてきく。

「密偵です。密偵として使っている男は以前、霞《かすみ》の五郎《ごろう》という盗賊の手下だった」

「ひょっとして、ひと月前に殺された久助」

剣一郎は口をはさんだ。

「そうだ。その久助が殺される前に我らに文を残しておりました。夜烏一味の狙いは海産物問屋『三浦屋』か薬種問屋『長生堂』のいずれかだと」

「なんと」

「当初、つむじ風の弥助が久助を仲間に引き入れようとして接触してきたのです。そのとき、狙いを漏らしたらしい。だが、久助が火盗改めの密偵だと知ると、容赦なく殺した。だが、久助は文を残していた。そのことを、奴らは気づいていなかったようです」

「そうであったか」

宇野清左衛門は感嘆したようにため息をついた。

菅谷喜八郎はさらに続けた。

「そのふたつの商家を我らはひそかに調べた。まず『三浦屋』の手代に不審な動きがありました」

「『三浦屋』の手代ですと。あそこの手代は皆五年以上も前から奉公している者ばかりでは？」

それまで黙って聞いていたが、剣一郎は疑問を口にした。

「さよう。だが、ひとりの手代の出身地が近江《おうみ》で、その手代の実家が最近家を建てた。そして、その手代は近々店をやめて近江に帰るそうだ」

菅谷喜八郎は剣一郎に対しては横柄な言い方をした。

「うむ。そこまで調べていたのか。さすがですな」

宇野清左衛門は正直に唸った。

剣一郎もそこまでは調べが行き届かなかった。

南町のほうも『三浦屋』に目をつけたが、それは下男を三年前に雇い入れたということからだ。だが、下男の素性が明らかになり、『三浦屋』の可能性を消したという経緯があった。

「しかし、それだけでは夜鳥の十兵衛の手が伸びているという証しには弱いような気がします。何か、他に証拠があるのでしょうか」

剣一郎は再び口をはさんだ。

「江戸を離れるということで、よく吉原に遊びに行っている。その途中で誰かと会っている様子なのだ。相手を見た者の話では、貫禄のある大旦那ふうの男だったという。夜鳥の十兵衛の可能性がある」

「なるほど」

確証には乏しいものの、剣一郎はその手代は疑わしいと思った。

「さらに薬種問屋『長生堂』のほうは久蔵という下男の動きが怪しい」

火盗改めの菅谷喜八郎は膝を少し進め、

「さあ、今度はそちらの狙いを教えていただきましょう」

と、迫った。

「よかろう。我らが目をつけたのは薬種問屋『長生堂』でござる。理由は、今話に出た下男の久蔵」

宇野清左衛門が答えた。

「そうか」

菅谷喜八郎は正直にほっとしたような顔をし、

「では、我らは『三浦屋』を、そちらは『長生堂』を。そういうことにいたしましょう」

「よかろう」

「おそらく、夜烏の十兵衛は『三浦屋』か『長生堂』か。当初からふたつのうちのどちらかに狙いを定めていたのではないでしょうか。最終的にどちらかに決めたかは、わかりませんが、それぞれ見張ればきっと押込みを阻止出来ましょう」

菅谷喜八郎は自信がありそうな顔つきをした。

剣一郎は宇野清左衛門に目顔で合図をしてから、

「押込みはおそらく明日と思われます」

と、教えた。

「なに、明日？　どうして、それを？」

俄に緊張感が増したようだった。

「夜烏の十兵衛は五年前の復讐に燃えているのです。そのために、押し込む日だけを我らに知らせてきました」

剣一郎の言葉に、菅谷喜八郎は太い息を漏らした。

「押込みは近々あると思っておりましたが、まさか明日とは……。いや、よいことを教えていただいた。さっそく手配を」

火盗改めの与力は急いで引き上げて行った。

そういうやりとりがあって、剣一郎は今朝、『長生堂』の様子を見に来たのである。それから、日本橋川に出た。この辺りも、今夜は舟を用意して町方が待機する手筈になっている。

おそらく、深川伊勢崎町の『三浦屋』には火盗改めが待ち構えているだろう。

威勢のいい掛け声の轟く魚河岸を抜けて川沿いを東に向かい、江戸橋に出た。

明るい陽射しを浴びているのに、剣一郎の心は湿ったように浮かなかった。それは、さっきから頰の青痣が疼き出していたからだ。

痛いというものではないが、違和感がある。深刻に考え込んでいるときとか、怒りに燃えたときに生じる違和感だ。

尽くせる手はすべて打ってある。そう思いながらも、剣一郎の気分は晴れなかった。夜烏一味を一網打尽にする光景を想像することが出来ないのだ。

生暖かい風を受けて、立ち止まった。そのとき、脳裏を続木源次郎の顔がかすめた。そうだ、夜烏の十兵衛には源次郎が軍師についているのだ。

(何かおかしい)

剣一郎は内心で呟いた。

こうまで簡単に夜烏の一味の押込み先がわかっていいものなのか。

火盗改めの密偵久助が、早い段階から押込み先の情報をつかんでいたことが胸にわだかまっていた。

夜鳥の十兵衛ともあろうものが、早い段階からそのような手抜かりをしただろうか。そして、そのことに気づかず、きょうの押込みの日を迎えるだろうか。

その久助のつかんだ内容と、こっちで知り得たものがいっしょだったということから、『長生堂』襲撃が間違いないものと判断した。

だが、これはあまりにも出来過ぎてはいまいか。

青痣がますます疼く。久助は情報をつかんだのではなく、つかませられたのではないか。これは、夜鳥の十兵衛が投げた撒き餌《まえ》ではないか。捕方を『長生堂』に集めるための餌だ。

久蔵が夜鳥の一味であることは間違いないかもしれない。が、あの男は引き込み役でもなんでもないのだ。ただ、疑わしい動きを町方に見せるだけの役割だったのではないか。

密偵久助がつかんだもう一つの狙いの『三浦屋』にしてもそうだ。近江出身の手代のことは、夜鳥の十兵衛が実家の建て替えの金を出し、さらに商売の資金を出してやるというまい話を持ちかけて利用したのではないか。

だとすれば、木内清十朗が聞いたという『長生堂』の話も、あやしいものになってきた。夜鳥一味の策略ということになる。

「おとりだ」

剣一郎は声をふるわせた。

そう考えるとすべて氷解する。なぜ、木内清十朗を殺さなかったのか。清十朗の口を通して、『長生堂』の名を知らせるためだ。

今夜の狙いはまったく別な場所だ。今までの調べに出てこないところだろう。

青痣が激しく疼いた。手足の指の先から全身に痺れるような衝撃が走り、剣一郎は天を仰ぎ、絶望的なうめき声を発した。

二

三太《さんた》は菓子製造、販売の大店《おおだな》『松風堂《しょうふうどう》』の前をさっきからいったり来たりしていた。

築地本願寺御用達《つきじほんがんじごようたし》の金看板が三太を威圧しているのだ。出入りしている客も、武家の奥方や商家の内儀ふうの者が多かった。

腕のいい大工の三太は大坂の大きな普請《ふしん》の手伝いに行っていたのだ。親方が、修行になるから行って来いと、知り合いの大坂の親方に三太を預けたのだ。

半年間の大坂での修行を終えて、三太が江戸に帰って来たのは五日前のことだった。

今、三太は迷っている。思い切って店に飛び込んでいこうか。店に入りづらければ、店の隣にある家人の出入り口から訪ねてもいい。

そう思いながら、いざそこに近づくと、やはり三太の足は動かなくなるのだ。

大坂からの帰りに、浜松《はままつ》の街道筋で食中《あた》りを起こしたらしく腹痛で動けなくなった。苦しんでいるところを通り掛かった男が三太を背負って近くの旅籠《はたご》に連れて行ってくれ、医者まで呼んでくれ、さらに二日間付き添ってくれた。

三太の腹の具合が落ち着いてきて、その男は先に江戸へ発った。その男が『松風堂』の息子の庄太郎《しょうたろう》だった。

庄太郎は京の菓子屋に菓子職人として奉公に出ていた。十三歳で江戸を発ち、亡き母の十七回忌のために十五年振りに江戸に帰るところだった。

三太は神田三河《みかわ》町の長屋に帰り着いてから女房のおとしにその話をしたら、すぐにお礼に行かなきゃだめだとせっつかれ、きょうになってやっと出てきたのだ。

しかし、まさかこんな大きな店だとは思いもしなかった。ここはただの菓子屋ではない。格式のある店だ。大屋根の向こうには白壁の土蔵が二棟も建っている。

行き過ぎてはまた戻って来たとき、ちょうど店の前に前掛けを締めた手代らしい男が出て来たので、三太は思い切って声をかけた。

「もし、すいやせん。あっしは三太と申しやすが、若旦那の庄太郎さんにお会いしたいのですが」

「若旦那？」

「へえ、京からお戻りのはずですが」

「ああ、あのお方ですか。さっき、出かけて行ったようですが……。ちょっと、お待ちください」

あのお方と他人行儀な言い方をしたのは、この手代は庄太郎が京に発ったあとに奉公し、庄太郎のことをよく知らないからだろう。

店に入ろうとした手代が、あっと声を上げた。

「ほら、ちょうどお帰りになりました」

手代は通りに顔を向けて言う。

三太はそっちに目をやった。武士や商家の旦那、若い女、僧侶、行商の男など、行き交うひとは多い。

やがて、こざっぱりした身形の男が『松風堂』の店先にやって来た。

「お帰りなさいまし」

手代が腰を屈めた。

「いつもごくろうだね」

男は手代にやさしい言葉をかけて店の中に入って行った。

「もし」

三太は手代に声をかけた。

手代は振り返り、

「おや、おまえさまは庄太郎さまに御用がおありだったのでは？」

「そうです」

「じゃあ、どうして声をかけなかったのですか」

「えっ、今のが庄太郎さんで？」

「あれ、おまえさまは顔を知らなかったのですか」

手代が目に不審の色を浮かべた。

「京に菓子職人の奉公に上がり、今度母親の十七回忌で江戸に下ってきたという……」

「はい。そう伺っています」

「今のひとが……」

三太は混乱した。

「すみません。うっかりしておりました。もう一度、お呼び願えないでしょうか」

「しょうがないですね。今、お声をかければよかったのに」

ぶつぶつ言いながらも、手代は店の土間に入って行った。

少し待たされてから、さっきの男が出て来た。

「庄太郎ですが」

背格好は似ているし、顔も似ているような気がする。でも、違う。浜松の旅籠で二日間いっしょだった。忘れるはずはない。

それに、この男は三太の顔を見ても何の反応も示さなかった。

旅籠で、先に出立する庄太郎に、

「江戸に帰りましたら、改めてお礼に伺わせていただきます」

と、三太が言うと、

「礼などいりませんよ」

「どうぞ、こんな顔でも覚えていてください。きっとお礼に伺います」

庄太郎は笑って頷いた。

今、目の前にいる庄太郎が、

「何か」

と、今度は低い声を出した。

瞬間、背筋がぞっとした。凄味があった。

「すいやせんでした。人違いだったようで」

三太はいきなり踵《きびす》を返して、お礼に持ってきた手土産を抱えて駆け出した。

明石橋《あかし》の袂《たもと》まで走って来て、三太はようやく足を緩《ゆる》めた。

「どういうことだ」

三太は小首を傾げて呟《つぶや》いた。

船宿から舟が出て行くのをなんとなく見つめながら、三太は浜松の旅籠でのことを思い出した。

枕元で、三太の看病をしながら、庄太郎はしみじみ語ってくれた。

「私はおっ母《か》さんが死んでから一年後に京に奉公に出たんです。お父《と》っつあんがすぐに後妻をもらいましてね。そしたら、すぐ男の子が生まれたんです。お父っつあんも継母も生まれてきた子におおはしゃぎでした。それを見たとき、この家には私の居場所はないかもしれないと思い、私は京に奉公に出ることにしたのです」

「でも、筋から言ったって、庄太郎さんが跡を継ぐべきじゃねえんですかえ」

三太は横たわったまま言う。

「じつはお父っつあんと死んだおっ母さんは折り合いがあまりよくなかったんです。おっ母さんが生きている頃から、お父っつあんは継母《ままはは》と親しくしていたんです」

「そうだったんですか」

「私を京の奉公に出そうと言ったのも継母ですが、お父っつあんもいっしょになって私を追い出しにかかったんです。でも、そのお父っつあんも数年前に倒れ、今は寝たきりになったって知らせが来ました。今回、一時帰りするのはおっ母さんの十七回忌もありますが、お父っつあんの見舞いの目的もあるんです」

「じゃあ、庄太郎さんは京で一生暮らす覚悟を？」

「はい。私は京の水のほうが合っているように思います」

庄太郎は寂しげな表情で言った。その顔がとても印象に残っていた。

庄太郎の語ったことが偽りだったとは思えない。では、さっきの男は誰なのだ。

三太は何がなんだかさっぱりわからなかった。わからないままというのが何だか濡れた着物を身にまとっているようで気持ち悪い。

このまま帰ると、またおとしに何か言われるかもしれない。そう思うと、憂鬱《ゆううつ》になった。うちの奴は、今の話を俺の作り話だと決めつけるかもしれない。

お礼に行くのが面倒だから途中で引き返してきたのだろう。そんな言い訳を思いついたって、私にはお見通しだ。そう言って、がみがみ叱《しか》りつけられそうだった。

鉄砲洲《てっぽうず》の波除け稲荷前をとぼとぼ歩き、稲荷橋を渡って亀島町河岸を歩いた。そのうち、ふと八丁堀の近くだと気づいた。

頭に浮かんだのは、青痣与力の奥方の多恵さまだった。

多恵さまは美しく聡明な方だった。以前に、うちの嬶《かかあ》がちょっとした近所付き合いのことで揉めて、そのことで相談しに行ったことがあった。そしたら、親身になって相談に乗ってくれたのだ。

多恵さまに相談してみようかと思った。

そう思うと、元気が出て、八丁堀の組屋敷に足を踏み入れた。以前に来たことがあるので、お屋敷の場所はわかる。

与力の屋敷は三百坪ぐらいで、その間隔で冠木門が続いている。だが、青痣与力の屋敷の前に立ったとき、またも足が竦《すく》んでしまった。

こんなことで相談したって仕方ない。こんなつまらないことで、お忙しい多恵さまの時間を割かせてしまっては申し訳ない。

そう自分に言い訳をして、三太はそのまま引き返し、神田三河町の長屋に帰って来た。

「おまえさん。どうだった？」

縫物をしていたおとしが手を休めてきいた。ふだんはふくよかでやさしい顔だ。

「それが妙なことになってな」

「妙なことって何さ。まさか、お礼に上がっていないんじゃないだろうね」

案の定、おとしの顔つきが変わった。怒ると、まったく別人になる。

「まあ、聞いてくれ」

なんとかなだめ、三太は庄太郎に会ったときのことを話した。

「ほんとうに庄太郎さんに会ったんだ。でも、違ったんだ」

「違ったたって、どういうことなんだろうね」

意外なことに、おとしは三太の話を信じてくれたようだ。

「俺にもさっぱりわからねえ。俺を看病しながら偽りなんか言うはずもねえ。ひょっとして、他にも『松風堂』という菓子屋があるのかと思ったが……」

「それにしたって、名前も京の奉公に出ていたというのも同じだなんてあり得ないよ。やっぱし、その『松風堂』のことだよ」

「そうなんだ。だから、さっぱりわからねえ。そいで、よっぽど、青痣与力の奥さまの多恵さまに相談してみようとして、お屋敷の前まで行ったんだが」

「おや、行かなかったのかえ」

おとしの目の色が変わった。

「こんなことでお手間をとらせちゃ申し訳ないと思ってな」

「何言ってんだよ、このおたんこなす」

「なんだと。何がおたんこなすだ。亭主に向かって、おたんこなすとは何だ」

「そうだろう。せっかくお屋敷の前まで行っておきながら、なんで帰ってきてしまうんだい」

「だから、お手間をとらせちゃ申し訳ないって」

「ばか」

「ばかだと」

三太も大声を返した。

「ああ、ばかだ。それも大ばかだ」

「いいかえ、よくお聞きよ。おまえさんはどうして多恵さまに相談しようとしたんだ。これは何か裏があるんじゃないかって思ったからだろう」

「なんだと」

「まあ、そうだ。そんときはな」

「それなのに、のこのこ引き返してきて。もし、たいへんなことの前触れだったらどうするのさ。おまえさんが引き返したために、取り返しのつかないことになったら、おまえさん、どう責任をとるのさ」

「責任ったって」

三太はとんでもないことになったと驚いた。

「さあ、行かなきゃ」

おとしがそわそわしだした。

「行くって、どこへ」

「決まっているだろう。多恵さまのところだ。さあ、おまえさんも早く支度おしよ」

「おれはこのままでいい」

おとしに尻を押されて、三太は再び八丁堀に急いだ。

三

剣一郎が説明をはじめると、宇野清左衛門や内与力の長谷川四郎兵衛をはじめとして、同席した与力、同心たちは顔面を蒼白にした。

「つまり、すべて夜烏の十兵衛の策略だったとしか思えないのです」

長谷川四郎兵衛が何か言おうとしたが、口をぱくぱくさせただけだった。

「結論から言えば、夜烏一味が押し込む場所は『長生堂』ではありません。もちろん、深川伊勢崎町の『三浦屋』でもありません」

「では、では、どこだ。夜烏一味が押し込む場所はどこだ?」

悲鳴のような声は、長谷川四郎兵衛だ。

剣一郎はため息をついてから言った。

「わかりません」

「わからんだと。じゃあ、どうするんだ。このまま、夜烏一味がどこかに押し込み、何人も殺すかもしれないとわかっていながら、このまま手を拱《こまね》いているのか」

長谷川四郎兵衛はたるんだ頬を震わせた。

その声が止むと、あとはひっそりとした。誰も声を上げるものはいなかった。ただ、長谷川四郎兵衛の荒い息づかいだけが聞こえた。

　その静寂を破ったのは、定町廻り同心の植村京之進だった。

「今まで、我々が調べた商家の中に、狙いはあるとお考えですか」

　剣一郎は京之進に顔を向け、

「そういうところではあるまい。今まで、夜烏の十兵衛は仲間を引き込み役として狙いを定めた商家に住み込ませていた。だから、ここ五年以内に雇った奉公人で素性の明らかでない者がいる商家ということで、幾つかを絞り出した。だが、夜烏の十兵衛は我らがそのような調べをすることは当然わかっていたはずだ」

「では、我らがまったく今まで注意を向けなかったところ」

「そうだ」

　悲鳴とも落胆ともつかぬ声が数人から漏れた。

　剣一郎は毅然として続けた。

「しかし、我らは出来る限りの手は打たねばなりません。まず、町名主にお触れをまわし、各商家の戸締り用心の徹底を呼びかける。さらに、南北の奉行所の与力、同心を総動員させて、各町内の見廻りをする」

　それしかないのだと、剣一郎は胸が潰れそうになった。

　これは、夜烏一味を捕まえるという方針の転換を意味した。つまり、夜烏一味の犯行を防ぐための対応だった。しかし、それで防げるという保証はないのだ。

あと半日足らずで、押込みは実行される。今、剣一郎に残された手段はたった一つしかなかった。

続木源次郎だ。

教えてくれるかどうかわからない。だが、それしか方法はないのだ。土下座をしてでも、源次郎から押込み先を聞き出さなければならない。

「ここで雁首《がんくび》を並べていても仕方ない。ただちに、町の巡回に出るように」

宇野清左衛門が焦燥感を募らせて立ち上がった。

部屋を出てから、剣一郎は当番方の部屋に寄り、

「非常時ゆえ、わたしから命令する。当番方の木内清十朗はある事情から夜鳥の一味に監禁されている。これから木内清十朗を助けに行ってもらいたい」

と、命じた。

「工藤どの、それから吉野どの。すまぬがこの任に当たって欲しい。詳しいことは伜の剣之助が知っている。剣之助」

今度は剣之助に向かい、

「工藤どの、吉野どのを木内清十朗の監禁場所に案内するように」

剣之助は一呼吸の間を置いて、はいと返事をした。

「おそらく、見張りはいないと思うが、念のため用心してかかるように。駕籠を用意していくことも忘れるな」

剣一郎はすぐに奉行所を出て、途中舟に乗り、深川まで急いだ。

夜烏の十兵衛の今度の押込みは五年がかりの大仕事だけあって、用意周到に計画が張りめぐらされている。

続木源次郎の智恵と夜烏の十兵衛の度量、そしてつむじ風の弥助の行動力が一体になって、いや、それだけではない。そこに剣一郎への憎悪、復讐などの妄執《もうしゅう》が加わって濁流のような勢いで今夜の襲撃に向かって行ったのだ。

八丁堀から隅田川に出て、舟の揺れが激しくなった。波が高いようだ。なかなか舟が前に進まないように感じられた。

それから半刻（一時間）ほど後に、剣一郎は深川仲町の料亭や子供屋などが並ぶ賑やかな場所から少し離れた裏通りにある『夢見堂』の家の前に立った。

軒下に、休業と書かれた木札が下がっていた。

剣一郎は戸を開け、中に呼びかけた。

しばらくして奥から助手をしていた女が出て来た。おそらく、源次郎の情婦だろう。色っぽい年増だが、肌は荒んでいた。

「源次郎どのはおいでか」

「いえ。ただいま、お出かけでございます」

「どこへ行ったかわかるか」

「はい。洲崎まで釣りに」

「釣りだと」

礼を言い、剣一郎は外に出た。

それから、門前町をつっきり、洲崎海岸に向かった。

洲崎弁天の裏手のほうの岩場で、釣り糸を垂れている源次郎を見つけた。

岩場に足をとられそうになりながら、静かに近づいた。

源次郎の横に立ったとき、竿の先を見たまま源次郎が言った。

「剣一郎、やはり来たか」

「源次郎。頼む。教えてくれ。夜烏の一味が押し込むのはどこだ？」

「それは人相見の仕事ではない」

竿を持ったまま、源次郎は嘲笑のように口許を歪めた。

「夜烏の一味は金を奪うだけではない。押し入った先の家人や奉公人を殺戮する。皆殺しにさえしかねないのだ」

「それと俺とは関係ない」

「源次郎」

剣一郎は岩場に膝をついた。

「このとおりだ。俺の負けだ」

剣一郎は土下座をした。

「夜鳥一味に翻弄され、もはや手詰まり状態だ。だが、罪のない者を殺させるわけにはいかない」

「剣一郎、おぬし、何か勘違いしていないか。俺にそんなことを頼んでも何もならんだろう」

相変わらず、源次郎はのどかそうに竿を持ったままだ。

「源次郎、聞け。五年前、夜鳥一味の押込み先を偶然に俺は知った。それで、町方が待ち伏せし、夜鳥一味の押込みを防ぎ、一味の者をほとんど捕まえた。だが、肝心の夜鳥の十兵衛とつむじ風の弥助を取り逃がした。夜鳥の十兵衛はそれ以来、俺や奉行所に復讐を誓ったのに違いない。だから、今度の押込みは凄惨なものになると思われる。なんとしてでも、防がなければならないのだ」

ようやく、源次郎は竿を引いておもむろに立ち上がった。

「剣一郎。俺は夜鳥の一味とは関わりはない」

糸を竿に巻き、魚籠《びく》を持って、源次郎はその場から立ち去ろうとした。

「待て、源次郎」

剣一郎も立ち上がった。

「五年前、おぬしが女と暮らしていた家に、夜烏の十兵衛が逃げ込んだはずだ。おぬしは十兵衛を助けたのだ。違うか」

源次郎の背中に向かって言う。

「強引に、俺と夜烏を結びつけようとしているな」

体の向きを変えようとせずに、源次郎は答えた。

「強引ではない。おぬしは夜烏の一味に軍師としていろいろな智恵を授けたのだ」

「はて、奇妙なことを言う」

「おぬしは才覚に恵まれたにも拘わらず、次男坊というだけで世に出られないと決めつけた。せっかくの才を生かそうとしなかった」

源次郎が振り向いた。

落ち窪んだ目に奇妙な光が射した。それは憎悪に燃えた目だと思った。

かつては才覚に優れ、学問所の師からも、いずれ一角《ひとかど》の人物になるだろうと称された男だ。

何をやっても、剣一郎は源次郎には敵《かな》わなかった。年少の弟子たちは皆、憧れの眼差しで源次郎のことを見ていたのだ。

そんな天分を持った男が、ある日、忽然《こつぜん》と皆の前から姿を消した。

「源次郎。おぬしが俺を恨むのは筋違いだ」

剣一郎は訴える。

「どうして、俺がおまえを恨むのだ」

源次郎は冷たい笑みを浮かべた。

「では、なぜ、俺から離れて行った。俺が跡取りになると、おまえは俺を敵視するようになったではないか」

源次郎は海に目を向けた。

潮風が顔に当たり、源次郎は目を細めた。

「俺とおまえとは最初から友達でもなんでもなかったのだ。ただ、同じ部屋住みの悲哀がお互いを結びつけていただけだ。それが崩れたのなら、俺とおまえを結びつけるものはなにもないというわけだ」

「では、なぜそのことを意識し続けた？」

「意識などしていない」

源次郎は突き放すように言う。

「では、どうして努力をしなかった。己の才覚を生かそうと頑張らなかったのだ。おぬしほどの頭があれば……」

「おまえに何がわかる」

源次郎は鋭い声で遮った。

「俺が何もしなかったと思うか。俺は下げたくもない頭を下げ、どれほど……いや、やめよう。今さら何を言っても詮《せん》ないことだ」

「違う。まだ、これからだ。これからだって、おまえに機会がまわってくる」

「相変わらず、甘いな、おぬしは。まあ、転がり込んできた幸運に喜んでいるような人間は世の中をそのように甘くしか見られないのだろう。だがな、世の中は残酷なほど冷たいものだ」

「おぬしは俺が兄上の死を喜んだと思っているのか」

「違うか」

源次郎は皮肉そうな笑みを浮かべ、

「俺はおぬしの兄上をよく知っている。優秀なひとだった。俺たちの憧れだった。学問も剣も達者だった。俺はああいう人間になりたいと思った。だから、おぬしなどは常に兄の足元に這いまつわる飼い犬のようなものでしかなかった。それなのに、兄に代わって、跡取りだと。冗談ではない。そんなばかな話があるか。飼い犬がなぜ主人になれるのだ」

源次郎は憎悪を剝き出しにしてまくし立てた。

「源次郎。自分に正直になれ」

「なに？」

「おぬしは自分が世に出られなかった言い訳を俺のせいにしている。だが、ほんとうは自分の弱さに気づいているのだ。それを認めたくないから、他に捌《は》け口を求めているのだ」

「弱さだと？」

「そうだ。おまえは自分自身に負けたのだ。己に勝つことが出来なかった。それだけのことだ。確かに、おまえの言うように、俺から離れたおまえはもう俺のことなど眼中になかったはずだ。だが、五年前、あの再会がおまえの心に俺への憎悪をかきたてた。違うか」

源次郎から声は返ってこない。

ゆっくり陽が傾いて行く。押込みの刻限が徐々に迫ってきている。

「おぬしは女の世話になっていたのだな。落ちぶれた姿をもっとも見せたくなかった俺に見られた。そのことが我慢ならないんだろう」

「剣一郎。あのときの俺の気持ちが想像出来るか。俺より才のない男が八丁堀与力として俺の前に現れ、女物の着物を着ている俺を見下していたのだ」

「見下しなどしておらん。おぬしの欠点はまさにそこだ。すぐいじけ、ひがむ。そんなひねくれた心がおぬしの……」

剣一郎は言いよどんだ。

「身を滅ぼすとでも言いたいのか」

「源次郎。これだけは言っておく。俺は今でもおぬしの才能を高く買っている。おぬしには一目も二目も置いている。五年前に再会したときも、決して見下したりはしていない。ただ、残念だと思っただけだ」

「同情したというわけか。それこそ、俺を低く見ているということだ」

陽がだいぶ翳《かげ》ってきて、剣一郎は焦《あせ》った。

「源次郎。頼む、教えてくれ」

「俺は何も知らん」

「あとで後悔しても遅い。今ならまだ間に合う。俺への復讐なら、もうおまえの勝ちだ」

「勝ちだと？」

源次郎の顔が醜く歪んだ。

「おまえが地を舐めるような屈辱を味わうまでは俺の勝ちとは言えん」

「源次郎。そこまで、おぬしの性根は腐ってしまったのか」

剣一郎は噴き上げてくる怒りを抑え、

「おぬしのくだらぬひがみ根性が罪のない何人ものひとの命を奪うかもしれないのだ。それでも人間か」

「剣一郎、わめけ。叫べ。そして、苦しめ」

源次郎は憎々しげに言う。

「おぬしは、今は『夢見堂』という立派な看板を出している人相見ではないのか。よく当たるという評判の占い師だ。その肩書に泥を塗るのか」

「おぬしは、俺がそれで満足していたと思うのか。俺には、その程度がふさわしいと思っておるのか」

夕陽が源次郎の顔面に射した。

これ以上何を言っても無駄だと、剣一郎は目を閉じ太く長い息を吐いた。

が、すぐに気を張り、

「もう何も言うまい。だが、きっと夜鳥の一味の押込みを阻止してみせる。悪の思い通りにはならねえ。いや、してはならねえんだ」

と言い捨て、剣一郎は一目散に奉行所に戻った。

四

夕陽は沈んだが、西の空は残照に赤く染まっている。道行くひとも、薄闇に紛れる頃になり、家々に明かりが灯りはじめた。

明石町にある一膳飯屋にまたもひとりの男が辺りを窺うようにして入って行った。さっきから五人は入って行ったはずだが、一階の土間に客の姿はなかった。

入って来た客は皆二階に上がった。

二階では、俳諧師を呼んでの句会が開かれるという名目で、続々とひとが集まって来ているのだ。

二階は、襖《ふすま》を取り払い、六畳間と四畳半の部屋を一つにしてある。その六畳間にある床の間の前には大柄で恰幅のよい五十絡みの男が悠然と座って煙管をくゆらせていた。黙って座っているだけで、辺りを威圧するような貫禄は大身の旗本の殿さまか、あるいは豪商かとも思える雰囲気だ。

そして、その姿は向島で青柳剣一郎の前に現したときと同じ格好だった。夜烏の十兵衛である。

「おかしら、いよいよ五年前の恨みを晴らすときがきましたね」

そう言ったのは細身ながら鋭い目つきの男で、つむじ風の弥助と異名をとる男だ。

「この五年の辛さを思い切り、今夜はぶつけるんだ」

「腕がなるぜ」

横にいた獰猛《どうもう》な顔をした浪人者が口許を歪めて笑った。ひとを斬るのが三度の飯より好きだという男だ。

思えば長かったと、夜烏の十兵衛はこの五年間を述懐した。

五年前、日本橋本町の薬種問屋『長生堂』によもやの待ち伏せが入っていて、仲間をことごとく捕らえられてしまった。

十兵衛は十代の頃から盗みの世界にどっぷりつかり、二十代半ばには子分数人を抱え、やがて盗人仲間から夜鳥の親分と敬《うやま》われるようになった。そして、今日まで、数えきれないほどの大仕事をこなしてきたが、一度たりとも失敗したことはなかった。

十兵衛がかつて出会った盗人にも大親分と呼ばれる男は何人かいた。それらの大親分の最期は皆獄門台にその首を晒《さら》している。

そういう中にあって、夜鳥の十兵衛は、町方はおろか火盗改めもまったく手が出せない大親分中の大親分と讃《たた》えられたのだ。

その十兵衛の生涯にたった一度の失敗が五年前の『長生堂』の件だった。それもあとで調べれば、風烈廻り与力の青柳剣一郎にたまたま引き込み役の男との連絡を目撃されたことから足がついたということだった。不運といえば不運と言えるが、失敗は失敗である。仲間はことごとく縄にかかった。十兵衛も追手に追われ、ほうほうの体で逃げ込んだ家にいた侍が十兵衛をかくまってくれたのだ。

それが続木源次郎だった。その家は源次郎の情婦の家だった。

もし、源次郎がかくまってくれなければ、十兵衛はかつての大親分の末路と同じように獄門台に首を晒すことになっていただろう。

源次郎の情婦の家に逃げ込んだのは十兵衛の悪運の強さかもしれない。追手の中に、青痣与力こと青柳剣一郎がいたのだが、その青痣与力と源次郎には曰《いわ》く因縁があったのだ。

ともかく、助かったものの十兵衛の自尊心はずたずたに傷つけられた。捕まった手下はほとんどの者が死罪になった。そして、十兵衛の懐刀であり、右腕でもあった伊那の卓三が獄門首になった日、十兵衛は青痣与力と奉行所に対しての復讐を誓ったのだ。

もはや、復讐以外に十兵衛の誇りを取り戻すことは考えられなかった。単に恨みを晴らすのなら青痣与力に刺客を放ってもよいし、場合によっては青痣与力の身内の者を殺害すればよいのかもしれない。

だが、それでは十兵衛の自尊心が許さなかった。大きな押込みを成功させる。それも、青痣与力の鼻を明かしてでなければならない。青痣与力や町方の者に地団駄を踏ませる。そういうやり方で、五年前の押込みの失敗を取り返す。それが、十兵衛の生きる目的になったのだ。

まず、そのために手下の確保からはじまった。幸い、つむじ風の弥助が無事だったので、ふたりで手分けをして、東海道の宿場町を中心にして見込みのある者を探した。そうしている間にも、こっそり江戸に舞い戻り、続木源次郎にも声をかけた。

源次郎は押込みの仲間に加わることは出来ないが、青痣与力に吠え面をかかせるために、智恵を貸そうと言ってくれたのだ。

そうやって、この五年間を今夜の押込みに向けて準備に費やしてきたのだ。

狙いは、今いる明石町から指呼の間にある南飯田町の菓子屋『松風堂』だ。

この『松風堂』は築地本願寺御用達という格式のある菓子屋だが、それは表面の顔であり、もうひとつの裏の顔があり、それは金貸しであった。

それは菓子屋には似つかわしくない大きな土蔵があることでもわかる。ひそかに大名貸しもしていて、その土蔵には千両箱が唸《うな》っているのだ。

ここに狙いを定めたのは続木源次郎である。その話を聞いたとき、十兵衛は覚えず膝を叩いたものだった。盲点である。

世間的には由緒あるといっても、たかが菓子屋である。そこに夜鳥の十兵衛が目をつけるほどの商家だと町方は思わないであろう。

それから『松風堂』の内情を探った。今、『松風堂』の主人は卒中で倒れ、寝たきりになっていて、実際に店を切り盛りしているのが後添いの女だということがわかった。

この女が相当な遣り手であり、店がさらに大きく発展したのも、この女の手腕によるところが大だった。

『松風堂』には、庄太郎という先妻の子がいたが、後添いに男の子が生まれた一年後に京の菓子屋に奉公に上がったきり帰ってこないということだった。

その庄太郎を利用することを提案したのも、源次郎だった。そして、手下を京にやり、庄太郎に近づかせたのだ。

源次郎はかつて英才と謳《うた》われた男らしく、軍師として素晴らしい才を発揮してくれた。

八丁堀や火盗改めを翻弄させるための手を幾つも考えた。そして、間違った押込み先に誘導するように仕組んだのだ。

外はすっかり暗くなった。手下が次々に集まってきた。そして、今梯子段を上がって来た鋭い顔つきの男が十兵衛の前に畏まり、

「おかしら。『松風堂』の周辺をまわってきましたが、町方の姿はまったく見えません」

「そうだろうよ」

十兵衛は満足げに頷いた。

まさか狙いが『松風堂』だとは誰も考えまい。

さっきの報告では、日本橋本町の『長生堂』には町方が周辺に張り込んでいると言っていた。

「それから、中からも手筈どおりと言ってきました」

中というのは『松風堂』の中にいる偽の庄太郎のことだ。

今夜、四つ（十時）の鐘を合図に偽の庄太郎が裏口の戸の閂《かんぬき》を外す。また、屋内に侵入するための雨戸も開けておく。そういう手筈になっているのだ。

土蔵の鍵は、偽の庄太郎がすでに在り処をつかんでおり、土蔵から千両箱を盗むのは赤子の手をひねるようなものだった。それだけだったら、家人に気づかれずに盗みを働くことが出来る。

だが、それだけでは十兵衛は満足しなかった。家人を皆殺しにする。そこまでしなければ、青痣与力や八丁堀に対する恨みは晴れない。

六つ半（七時）になって、全員揃った。十兵衛とつむじ風の弥助を入れて十五人である。腕が立ち、凶暴性を秘めた浪人が四人。もちろん、その中には続木源次郎はいない。

源次郎は惜しい男だ。源次郎と手を組めば、どんな大仕事でさえもやってのけられそうだ。

だが、十兵衛は源次郎のことは諦めていない。この仕事が終わったあと、源次郎をくどくつもりだ。山吹色の小判の山を目の前にすれば、必ず源次郎の心も動くだろう。

年増の女が食事を運んで来た。お紺の家にいた女中だ。

「腹が減ってはいくさが出来ない。皆、腹一杯食ってくれ。腹がきつくなっても、出立の時刻まで間があるからだいじょうぶだ。ただし、酒は仕事を終えてからだ」

つむじ風の弥助が一同に言う。

この弥助に源次郎がいれば、夜鳥の十兵衛はこれからも大暴れが出来る。覚えず、十兵衛は含み笑いした。

「青痣与力、おまえの吠え面が目に浮かぶようだぜ」

いよいよ、恨みを晴らす刻限が近づいてくると思うと、十兵衛は若いころのように激しく心を躍らせた。

五

剣之助は木内清十朗とお紺を助け出した。

父の言うとおり、監禁場所の百姓家に見張りの者はいなかった。難なく、ふたりを救出し、駕籠に乗せて八丁堀の木内清十朗の屋敷まで連れて来たのだ。

清十朗は全身に殴られたあとがあったが、医者の話では、時間が経てば回復するということだった。

「では、私はこれで」

枕元にいる清十朗の父親に、剣之助は挨拶した。

「剣之助どの。すまなかった」

父親が頭を下げた。今は隠居し、代を清十朗に譲ったが、与力の大先輩である。が、息子のことでの心労が祟《たた》ったのか、ずいぶん老けて見えた。

「頼む」

衰弱した体で、清十朗は起き上がろうとした。

「これ、無理してはいかん」

父親が手を差し出す。

「だいじょうぶです」

清十朗は半身を起こし、

「頼む。夜烏一味を、必ず捕まえてくれ」

と、剣之助に訴えるように言った。

「はい。どうか、ご安心してください。きっと」

剣之助はそう言い、清十朗の屋敷をあとにした。

玄関まで出て来た父親は、

「どんな処分が出ても覚悟が出来ていると、青柳どのにお伝えくだされ」

と、目をしょぼつかせて剣之助に言った。

「はい。失礼いたします」

清十朗に対してどんな処分が下されるのだろうか。剣之助にはわからない。だが、清十朗を追い込んだのは何か。剣之助はやりきれない思いで自分の屋敷に向かった。

いっしょに助け出したお紺は工藤兵助が自分の屋敷で介抱すると言って連れて行った。もう、奉行所に戻ったのかもしれない。

すっかり暗くなった道を自分の屋敷に戻って来ると、門の前で男女がふたり、何やら言い合っている様子だった。

剣之助は近づいていって、

「どうかしましたか」

と、声をかけた。

驚いたように、ふたりは揃って顔を向けた。

「あっ、剣之助さま」

女が声を出した。

「おとしさんですね。三太さんまで」

剣之助は訝しげに、

「いったい、どうしたって言うんですか。どうぞ、お入りください」

「いえね。じつは多恵さまに相談したいことがあってここまでやって来たんですけど」

おとしが煮え切らない態度で言う。

「あっしが、そんなことを相談しにいってもかえってお手間をとらせてしまうだけで、ご迷惑だと言ったんですが、こいつが一度は相談しようと思ったのなら、行くべきだ。いっしょに行ってやるからと言うので、ふたりでここまで来たのです」

「そうですか。じゃあ、どうぞお入りください」

「でもね。ここまでやって来たら、こいつが手土産を忘れてきたって言い出したんで。それで、そいつを買いに引き返し、ようやくここまで来たら、今度はやっぱしご迷惑かしらなんて言い出したんですよ。おめえが行こうというから来たんじゃねえか。ここまで来て引き返すのか。じゃあ、おまえさんが先に入りなよ。ばかいえ、おめえが行こうと言い出したんじゃねえかと」

剣之助は苦笑して、

「さあ、入りましょう」

と、ふたりを招いた。

「いえ、そうやって言い合っているうちに、すっかり暗くなっちまって。こんな時間に訪れるのは非礼だと、今度はそんなことを言い出して」

「だいじょうぶです。食事中だったら、少し待っていただくかもしれませんが。さあ、どうぞ」

剣之助はふたりを潜り戸から引き入れた。

正助が表のやりとりを聞いていたらしく、多恵がすでに玄関に出ていた。

「母上。三太さんとおとしさんが相談があるそうです。だいぶ、悩んでいたようです」

ふたりが玄関に入るのを見届けてから、剣之助は玄関脇の入口から廊下に上がった。

多恵は微笑みながら、

「そんな遠慮せずともいいのです」

と、ふたりに声をかけていた。

「へえ。ありがとうぞんじやす」

三太が腰を折る。

「どうぞ、これを。つまらないもので恥ずかしいのですけど」

おとしが手土産を差し出した。

「おとしさん、三太さん。こういうものを持ってこなくていいのですよ。何かあったら、いつでも来ていただいていいのですよ」

ふたりは恐縮してぺこぺこしている。

「で、相談というのは？」

「はい。じつはきょう南飯田町にある菓子屋の『松風堂』に行ってきたのです。というのも、大坂からの帰り、浜松で一時帰りをする若旦那の庄太郎さんに助けていただいたので、そのお礼に伺ったんです」

三太は真顔になって、事情を説明した。

「庄太郎さんに会ったことは会ったのですが、不思議なことに別人だったんです」

「別人？」

多恵がきき返した。

部屋に向かいかけ、剣之助は聞きとがめ足を止めた。

「どうもよくわからねえんで。浜松の旅籠で聞いた話に嘘はねえはずなんです。だって、京に奉公に上がっていて、母親の十七回忌と父親の病気見舞いで十五年振りの江戸下がりだというのは、きょう会った庄太郎というひとも同じなんでして」

「三太さん。同一人なのに、記憶違いで、別人だと見誤ったわけではないのですね」

多恵が確認している。

「へい。向こうさまだってあっしの顔を見れば思い出すはずです。そんな昔のことじゃねえんですから」

多恵は少し考えてから、

「剣之助」

と、呼んだ。

「母上、今のお話」

剣之助も覚えず全身に力が入った。

「そなたも何か感じますか」

「はい。今の庄太郎というひとは偽者に違いありません」

「偽者ですって」

三太が素っ頓狂な声を上げた。

「多恵さま。うちのひとが看病してもらった庄太郎さんのほうが本物なのでしょうか」

おとしが息を詰めてきいた。

「そうだと思います。三太さん。ひょっとして、お手柄かもしれませんよ」

多恵は三太とおとしに向けていた優しい眼差しを剣之助に向けて、

「剣之助。このことを直ちに父上に」

と、厳しい口調で言った。

「はい」

剣之助が屋敷を飛び出した。

八丁堀から数寄屋橋御門内にある南町奉行所まで一息に走れば四半刻（三十分）もかからない。

剣之助は息せき切って奉行所の潜り戸を抜けた。

「父上」

与力詰所にいる剣一郎が出て来た。

「何かあったか」

剣之助の様子にただならぬものを感じ取ったらしく、剣一郎は緊張した面持ちで剣之助の言葉を待った。

「大工の三太さんの話です。大坂からの帰り、急病になった三太さんを助けてくれたのが京に奉公に上がり、一時江戸に下る途中の南飯田町の菓子屋『松風堂』の庄太郎というひとだったそうです。ところが、そのお礼に『松風堂』に行ったところ、出て来た庄太郎は浜松であった庄太郎とは別人だったそうです」

「別人……」

剣一郎の顔色が変わってきた。

「南飯田町の『松風堂』といえば、築地本願寺御用達の菓子屋だが、金貸しもしているところだ」

突然、剣一郎が立ち上がった。

「剣之助、よく知らせた」

剣一郎はすぐに年番与力の宇野清左衛門のところに飛んで行った。

六

隠密廻り同心の作田新兵衛が奉行所に戻っていたのを知ると、剣一郎はすぐに呼び寄せ、『松風堂』のことを話し、

「『松風堂』に行き、ひそかに庄太郎のことを調べてきて欲しい。話をきくのは番頭がいいかもしれない。くれぐれも、庄太郎に気取られないように」

「はっ」

作田新兵衛は直ちに『松風堂』に向かった。

そのあとで、宇野清左衛門といっしょに内与力の長谷川四郎兵衛を通してお奉行に会っ

た。

夜烏一味のことで心労から窶《やつ》れの目立つ顔だったが、お奉行は剣一郎の話を聞き、ようやく生気を蘇らせた。

「念のために、庄太郎のことを調べさせておりますが、夜烏一味の押込み先は南飯田町の菓子屋『松風堂』に間違いないと思われます」

剣一郎はさらに膝を進め、

「ひそかに捕方を築地本願寺境内に集結させていただきたいと思います。北町の方々にも、本願寺に」

「よかろう。青柳剣一郎。頼むぞ」

お奉行は剣一郎の手をとらんばかりに言った。

そして、向こうのお奉行と手配の打ち合わせをするために、直ちにお奉行は北町奉行所に向かった。

宇野清左衛門はすでに『長生堂』に待機している町方の者に用心して引き上げ、ひそかに築地本願寺に集まるように命じる使いを走らせた。

剣一郎が年寄り同心詰所に行くと、すでに連絡を受けて、植村京之進と川村有太郎ら主だった三廻り同心が集まっていた。

「委細は聞いたか」

剣一郎は一同に声をかけた。

「はい」

口々に声がもれた。

剣一郎は南飯田町付近の絵図を開いた。

「この辺りが『松風堂』だ」

剣一郎は扇子でその場所を示し、さらに扇子を動かした。

「ここに築地本願寺がある。現地の様子がわからず、夜鳥一味にこっちの動きを悟られないために、とりあえず捕方を全員、この境内に集結させる」

皆が頷く。

「それから、私と誰かで先に『松風堂』に入り込み、夜鳥の一味を誘い込む。一味が侵入したら、ただちに『松風堂』を取り囲む」

京之進も有太郎も食い入るように聞き入っている。

「五年前のように、取り逃がしたら近所の民家に逃げ込む可能性があり、これだけは断じてさせてはならない。それから、逃走用に舟を用意しているはずだ。万が一、逃げられたときのために、隅田川に出る明石町と本湊町の辺りに捕方を乗せた舟を待機させておく。また、堀を伝って逃げるのに備え、こことここにも」

剣一郎が作戦を与え終えたとき、職人体の格好をした作田新兵衛が戻って来た。

おりました」
「『松風堂』の番頭をひそかに呼び出し、確かめたところ、やはり庄太郎に不審を抱いて

「庄太郎のことを一番知っているのは、その番頭なのだな」

「もうひとり、長くいる女中がいるそうですが、その女中も父親の寝ている部屋にほとんど顔を出さずに、なんだかひとが違うようだと話していたようです。でも、本人は庄太郎らしく振る舞っているので、何も言えなかったそうです」

「父親は口がきけないのか」

「はい」

もし口がきけたなら、偽者だと訴えていたかもしれない。

「青柳さま。もはや、この偽の庄太郎が夜烏一味の仲間とみて間違いなかろうかと思います」

「よし」

剣一郎は大きく深呼吸をし、

「よいか。夜烏の一味は『松風堂』に押し入れば、必ずひとを殺す。押し入る前に取り押さえる。では、すみやかに築地本願寺に向かってくれ」

剣一郎は植村京之進と川村有太郎を見て、

「ふたりは、私といっしょに付いて来てくれ。作田新兵衛どの。もう一度、いっしょに

『松風堂』に行ってもらう」

「わかりました」

当番方の与力や同心はすでに鎖帷子《かたびら》を身につけ、捕物出役の支度になっていた。

剣一郎は奉行所を出立した。

そろそろ五つ半（九時）になる頃だろうか。千鳥足の男とすれ違ったのは、この近くに酒を呑ませる店でもあるのか。それとも知り合いの家で馳走になっての帰りか。

奉行所から南飯田町までたいした距離ではなかった。

南飯田町に入ると、職人体の作田新兵衛が道具箱を肩に背負って先に行く。鋭い嗅覚で辺りを探り、あやしい人影のないのを確認してから剣一郎たちに合図を送る。それを見て、剣一郎は街角を曲がり、『松風堂』の前にやって来た。

作田新兵衛が潜り戸を軽く叩く。

すると、静かに扉が開いた。剣一郎たちは素早く土間に入る。最後に作田新兵衛が周囲をみまわしてから潜り戸を潜った。

戸を開けたのは五十絡みの番頭だった。

「番頭さんか。私は八丁堀の青柳剣一郎だ」

「はい。存じあげております」

「内儀さんにはあとで説明する」

「は、はい。やはり、何かお疑いが？」

「うむ。どうやら何者かが庄太郎になりすましている可能性が強いのだ」

「やはり、そうでございましたか」

番頭は声を上擦らせたが、すぐに気を取り直し、

「どうしたらよろしいのでしょうか」

「偽の庄太郎をここに呼び出してもらいたい」

「わかりました。では、すぐに呼んで参ります」

と、奥に向かった。

行灯の明かりが仄かに周辺を照らしているだけで、四方の隅は真っ暗だ。

剣一郎は目配せし、ふたりを隅の暗がりに身をひそめさせ、自分も奥に向かう柱の陰に隠れた。

しばらくして、声が聞こえた。

「帳簿を見てくれと言われましてもねえ」

「いえ。ただ、若旦那に見てもらったという形だけのことですので」

どうやら、番頭は帳簿の記載のことに口実を設けたようだ。

番頭が緊張した顔で店先に出て来た。その後ろに、着流しの男がついてきた。偽の庄太郎だ。

帳場に男を案内したあと、

「ちょっとお待ちください」

と、番頭は素早くその場から離れた。

「おい、番頭さん」

何かおかしいと男は察したようだ。

男が番頭のあとを追おうとしたのを、剣一郎が立ちふさがった。

「だ、誰でえ」

男はぎょっとしたように足を踏ん張った。

「偽庄太郎か」

剣一郎が低い声で言う。

「なんで、てめえは？」

男は後退った。

「夜鳥の一味。神妙にしろ」

「あっ」

男は悲鳴を上げ、踵を返し、さっと土間に飛び下りた。そこに、京之進と有太郎が待ち構えていた。

「おとなしくしろ」

有太郎が一喝すると、男は懐から素早く匕首を取り出した。

「もはや逃れられん」

剣一郎が迫る。

三方に忙しく目をはわせてから、いきなり剣一郎に向かって匕首を突き出してきた。

剣一郎が体をかわしざま、匕首を持つ手首をつかむやひねり上げると、男は悲鳴を上げて匕首を落とした。そして、今度は腕を大きくひねって男を投げ飛ばした。

大きな音を立てて男は仰向けに倒れた。そこに京之進がのしかかった。

「おい、夜鳥の十兵衛はいつ押し込むのだ？」

「知らねえ。なんのことか知らねえ」

「しらばっくれるのか」

京之進が男の襟をつかんで起き上がらせ、右拳で思い切り頬をなぐった。

ぐえっという妙な声を出し、男は派手に倒れた。

「言うんだ。言え」

有太郎が匕首を拾って、男の喉に突きたてた。

ひぇっと、男は悲鳴ともうめきともつかぬ声を発した。

「苦しい。言う、言うから」

男は泣き声を上げた。

「よし、言うんだ」

「四つ（十時）をまわったら、裏門の閂を外すことになっている」

「全員で何人だ」

「十五人で」

「役割は？　外に見張りは？」

「わからねえ。たぶん、ふたりだ。あと、舟にひとり」

「舟はどこに用意している？」

「明石町の川っぷちだ」

京之進が剣一郎に顔を向けた。

剣一郎は男の前にしゃがんだ。

「本物の庄太郎はどうした？」

男が唇をわななかせた。

「殺したな？　どこで殺したんだ？」

「箱根《はこね》の山中」

男は喘ぎながら答えた。

「おまえは京で、庄太郎に近づき、親しくなった。そうだな」

男がこくりと頷く。

「庄太郎の身の上やこの家のことをいろいろ聞き出し、庄太郎になりすましたってわけか。いってえ、誰が考えたんだ」

「知らねえ。おかしらの知り合いってことだけだ、知っているのは」

「続木源次郎。そうだな?」

「名前まで知らねえ」

ふと背後に人影が射し、剣一郎は立ち上がった。

帳場に丸髷の年増が立っていた。

「内儀さんですか。南町の青柳剣一郎と申します。夜分に驚かれたでありましょう」

「番頭さんから伺いました。庄太郎さんが偽者とはほんとうのことでございますか」

訝しげに、内儀がきいた。

「内儀さん。驚いてはいけない。こやつは夜鳥の十兵衛という盗賊の一味で、今夜、仲間が押し込むための引き込み役だった」

「えっ、なんと」

内儀の体がのけ反ったようになった。番頭も茫然としていた。

「時間がない。内儀さん。言うことを聞いてもらいましょう。よろしいですか」

「はい、なんなりと」

「家の者、奉公人、すべて二階の座敷に移してください。早く」

「は、はい」

「番頭さんはあとでまたこちらに」

内儀と番頭があわただしく奥に引っ込んだあと、剣一郎は作田新兵衛に向かい、

「そなたはすぐに築地本願寺に行き、手配をするように。一味をここの庭に誘い込んで捕まえる。一味が庭に入り込んだら、いっせいにこの屋敷を包囲するように」

「はっ」

潜り戸を開き、新兵衛は辺りの様子を窺ってから外に飛び出して行った。

番頭が戻って来た。

「どうだ、そっちは？」

「はい。全員、二階に避難いたしました。病人の旦那さまも二階に」

「よし」

あとは手を打っておくことはないかと、剣一郎は考えていると、四つ（十時）の鐘が鳴り出した。

「京之進、有太郎、では行くぞ」

剣一郎はふたりに声をかけ、

「番頭さん。我々が庭に出たら、戸締りを厳重に」

と、番頭に言った。

「はい。畏まりました」

番頭が緊張した声で答えた。

庭に出てから、

「よし。こやつを適当な樹に結わえつけよう」

と、剣一郎が命じた。

男に猿ぐつわをかませ後ろ手に縛って、手頃な樹を選んでくくり付けた。

土蔵の上に月が上り、鈍い光が広い庭に射し込んでいた。表通りから想像する以上の庭の大きさだった。

剣一郎は庭石の上に立ち、植え込みの向こうに見える裏口に目をやった。今、京之進が閂を外したところだった。

(夜烏の十兵衛。今度こそ、獄門台に送ってやる)

剣一郎は気持ちを昂らせた。

風がぴたっと止んでいる。遠くに按摩《あんま》の笛の音が鋭く響いた。

夜廻りの拍子木の音が遠ざかって行った。

緊張した四半刻が過ぎた。ふと扉が静かに動く気配がした。

「来ました」

京之進の声が微かに震えを帯びている。

剣一郎らはさっと建物の陰に身を潜めた。固唾《かたず》を呑んで見つめる。

扉が大きく開き、黒装束の男が素早く中に入った。植込みの中を池の辺りまでやって来た。後ろに続々と続き、途中に恰幅のよい男がいた。

夜烏の十兵衛に違いない。都合十二人があっという間に庭に忍び込んだ。一糸乱れぬ動きはさすが夜烏の一味だ。

全部で十五人というから、あと三人。偽の庄太郎が言うように、外に見張りがふたり、舟に待機している者がひとり。剣一郎はそう計算した。

十兵衛がふと数歩前に出た。そして、辺りを見回した。独特の嗅覚が何かの異変を感じ取ったらしい。

一味のひとりが素早く雨戸に近づき、すぐに十兵衛のもとに戻った。その敏捷《びんしょう》な動きはつむじ風の弥助に違いない。

「おかしら」

その弥助が十兵衛に何か言った。

やはり、異変を察したらしい。そのとき、塀の外から激しい声が聞こえた。捕方が見張りを捕まえたのだ。

すかさず剣一郎が飛び出した。

「夜烏の十兵衛。待っていたぞ」

夜鳥の一味の間に動揺が走った。

さすがの十兵衛も絶句していた。

「青痣与力……」

信じられないというように、十兵衛は声を絞り出した。

「もはや逃れられん。神妙に縛《ばく》に就け」

京之進と有太郎が十手を突き出して現れた。

だが、十兵衛はたちまち気持ちを切り換えた。

「こうなったら、おまえの命をもらう」

十兵衛は腰に差していた長脇差を抜いた。

剣一郎の前に頬冠りをした巨漢の侍が現れた。

「来い、青痣与力」

剣を抜いた。

「待て。こいつは俺がやる」

十兵衛が侍を制した。

一歩下がった侍は京之進のほうに向かって行った。

「青痣与力、冥土《めいど》に道連れだ」

十兵衛は腰を落とし、右手に持った剣を立てて構えた。喧嘩馴れした構えだ。いくつもの修羅場を経験しているものが持つ凄味が剣一郎を圧倒した。

抜刀し、剣一郎は正眼に構えた。十兵衛は腰を落としたまま、ゆっくり右にまわっている。が、途中で今度は左に動きはじめた。

さっと正眼から八相に構えを移しても、十兵衛の構えに動揺はない。剣一郎は正眼に構えを戻し、静かに間合いを詰めた。

近間に入ったとき、いきなり十兵衛の剣が横にないだ。素早い剣の流れだ。さらに手首を返して今度は左から横になぐ。

剣一郎は下からすくい上げるようにして相手の剣を跳ね返したが、怯《ひる》むことなく上段から打ち込んできた。

剣一郎も踏み込み、十兵衛の激しい剣を受けた。年寄りながら、凄まじい力で押し込んできた。剣一郎がぐっと押し返すと、ぱっと剣を引いて離れた。

ふと目の端に、匕首を構えた男が入った。つむじ風の弥助だ。弥助が横合いから匕首を突き出してきた。

剣一郎はその匕首の攻撃を体をひねってよけ、すかさず足を踏み込んで弥助の肩目掛けて剣を振り下ろした。が、その前に、弥助は横に飛んでいた。素早い動きだ。

再び、十兵衛が独特の構えで迫ってきた。最初は喧嘩剣法に戸惑ったが、もはや剣一郎は十兵衛の太刀筋を読んでいた。

十兵衛の剣は体の動きと一体だ。剣を振るいながら体も休みなく動く。十兵衛はやはり、剣を持つ手を右の肩まで上げ、剣を垂直に立ててゆっくり右に移動し、そして途中で左に変わった。

左右の動きを変えるとき、一瞬の停止状態がある。剣一郎はそれを見極め、十兵衛が左への動きを止めた瞬間、凄まじい勢いで足を踏み込み、上段から斬りかかった。

あわてた十兵衛が剣一郎の剣を振り払ったが、十兵衛の長脇差が真ん中から真っ二つに折れた。

「夜烏の十兵衛。これまでだ」

剣一郎は剣を峰に変え、十兵衛に打ち込もうとしたとき、背後から凄まじい風圧を受けたような殺気を感じ、無意識のうちに横跳びに避けながら剣を水平にないだ。

肉に刀の峰が食い込むような感触がした。つむじ風の弥助が脾腹を押さえてもだえ苦しんでいた。

十兵衛が後退った。

「ちくしょう。青痣め」

もうあちこちで闘いは収束していた。捕方が庭になだれ込んで来て、一味はなすすべもなく捕われた。

ただ、獰猛《どうもう》な侍が善戦をしていたが、やがて京之進らに取り押さえられた。

「なぜだ。なぜ、ここだとわかったのだ」

十兵衛が凄まじい形相できく。

「ここの庄太郎は江戸に戻る途中、急病になった者を助けたのだ。その者が、きょう庄太郎に礼を言いに『松風堂』を訪れた。すると、まったくの別人だったというわけだ。その話が俺の耳に入った」

「それだけのことで、この五年間のことが無駄になったってわけか」

「それだけのことと言うが、おてんとさまはちゃんと見ていたってことだ。庄太郎は可哀そうなことをしたが、庄太郎が善行を積んだおかげで『松風堂』は無事だったんだ。悪いことは出来ないということだ」

「悪運が強過ぎる。青痣与力」

十兵衛はかっと目を剝き、

「俺が獄門台に首を晒すのだけはまっぴらごめんだ」

そういうや、十兵衛が踵を返し、塀際でうずくまった。

「待て、十兵衛」

剣一郎はうずくまっている十兵衛の背中を見た。

はっとして、前にまわり込む。

十兵衛の腹部から血が滲んでいた。

持っていた匕首で自分の腹を突き刺したのだ。

「俺は獄門台には似合わねえ」

それが十兵衛の最期の言葉だった。

京之進が駆けつけて来た。

「すべて終わりました」

「ごくろう」

「夜烏の十兵衛」

京之進は十兵衛の亡骸に合掌した。

剣一郎は店先に行くと、内儀と番頭は出て来ていた。

「ありがとうございました。おかげさまで、助かりました」

内儀が頭を下げ、番頭も感謝の念で、剣一郎を見つめた。

「いや。『松風堂』を助けたのは町方ではない。庄太郎だ」

「えっ、庄太郎さんが」

「そうだ。庄太郎は江戸に帰る途中で人助けをした。その人助けのおかげで、夜烏一味の計画がわかったんだ。もし、庄太郎がいなかったら、おそらくこの店の者は夜烏一味に皆殺しにされていただろう」

「十兵衛」

内儀が息を呑むのがわかった。

「庄太郎の亡骸が戻ったらこの店の恩人だ。ねんごろに弔《とむら》ってやることだ」

「はい。青柳さまのお言葉、いちいち身に染みてございます」

内儀は深々と頭を下げた。

剣一郎は外に出た。月が明るく光っていた。だが、剣一郎には大きな仕事がまだ残っていた。

続木源次郎のことだった。そのことを解決するために、剣一郎はひとりで深川に向かった。

七

この時間でも、仲町の料理屋は軒行灯や提灯の明かりが輝き、人通りも多かった。だが、一歩裏通りに入ると、死んだように真っ暗な家並みが続いている。

『夢見堂』の櫺子《れんじ》格子の中に灯の気配はない。だが、押込みがあるという夜に源次郎が、安穏と眠っているとは思えなかった。

念のために戸障子を開けようと、手を伸ばしたとき、隙間に紙切れがはさんであるのを見つけた。

つまみ出して広げると、洲崎弁天で待つとだけ書かれてあった。

丸めて袂にしまい、剣一郎は洲崎弁天へと急いだ。

灯のある一帯を抜けると、たちまち漆黒の闇に変わった。だが、月が雲間から顔を出すと、うっすらと家並みや樹の影が浮かんできた。

汐の香が漂う。だが、その汐の香に血の匂いが混じっているような錯覚がし、剣一郎は覚えず全身に戦慄を走らせた。

さっきの置き文は剣一郎を呼び出すためのものだ。源次郎がそれをする目的は一つしかない。

剣での決着をつけようとしているのだ。

哀れな男だと、剣一郎は胸が痛んだ。あれだけの才智を持ちながら、とうとうそれを正しく生かすことが出来なかった。

一味に加わらなかったとしても、大勢のひとの命が奪われたかもしれない押込みに加担したことは間違いない。

洲崎弁天の常夜灯の前に人影が揺れた。立ち止まって深呼吸をし、剣一郎は再び足を進めた。

近づくに従い、人影の正体がはっきりしてきた。続木源次郎だ。

「剣一郎。やはり、来たか」

源次郎の声が震えを帯びているのは衝撃からだろうか。

「なぜだ。なぜ、わかった？」

「さすがのおぬしも、偽庄太郎の正体がばれるとまでは考えられなかったようだな」

剣一郎は庄太郎が偽者だとわかった経緯を話してから、

「いくら策略を練ろうが、ひとの善意の心の前には悪は敵わないということだ。おぬしの才智は庄太郎のやさしい心に負けたのだ」

「夜烏の十兵衛は捕まったのか」

「いや。十兵衛は自分で匕首を腹に突き刺して果てた。獄門台には上がらぬと言ってな」

「そうか。十兵衛が死んだか」

源次郎は身に染みたように呟いた。

「あの男だけだった。俺に理解を示してくれたのは」

「それは違う。十兵衛はおぬしを利用しただけだ」

剣一郎は激しい口調で続けた。

「源次郎。ひとを恨み、妬んだ生き方をやめろ。せっかくの才能を殺してどうする？」

「陽の当たる道を歩んできた者に俺の気持ちがわかるか。俺は父が亡くなったあと、兄から家を追い出されたんだ」

「おぬしは自分に負けたのだ。おのれの弱き心に翻弄されたのだ。惜しいぞ、源次郎」

源次郎は口許を歪め、冷たい笑みを浮かべ、

「剣一郎。そろそろ子の刻（午前零時）だ。いつかおぬしに告げた占いを覚えているか。おぬしの命数もあと僅か」

源次郎がさっと剣を抜いた。

「俺の言ったとおり、この夜までおとなしく仏間に閉じこもっておればよかったものを」

間合いを詰めながら、源次郎が言う。

「やめるんだ、そんなことをして何になる」

剣一郎は左手で刀の鯉口を切った。

斬撃の間に入った瞬間、正眼から上段に構え直した源次郎は躍りかかるように斬り込んできた。

剣一郎の剣が鞘走り、源次郎の剣を激しくはね返した。

素早く、源次郎は遠間に離れ、再び正眼に構えた。

内心で、剣一郎は瞠目した。昔の源次郎は学問に秀でてはいたが、剣術のほうは並の腕前でしかなかった。

それが、どうだ。今の太刀捌きは……。

正眼に構えて対峙しながら、剣一郎は背筋に薄ら寒いものが走るのを感じた。

「源次郎。そなたは……」

覚えず、剣一郎は声を出した。

「俺を、俺をやっつけるために剣の修行をしてきた……」

最後まで言わせぬうちに、源次郎が再び踏み込んで上段から、今度は飛び上がるように剣を振り下ろしてきた。剣一郎はかわすのが精一杯だった。

また、遠間に去り、源次郎は正眼に構えた。

剣一郎は全身に恐怖心が襲い掛かった。源次郎は相討ちを狙っているのだ。自分も斬られることを承知で襲ってくる。剣一郎を殺し、自分も死ぬ。その覚悟が見えた。

間合いが詰まる。今度は先に剣一郎が源次郎の剣を持つ側に足を踏み込んで、横になぎながら源次郎の胴を狙った。だが、源次郎は横っ飛びに逃れた。

体勢を立て直した源次郎だが、微かに息が乱れているのを見抜いた。その呼吸の乱れに乗じて剣一郎は直ちに袈裟懸けに斬りかかり、さらに剣を返し、逆袈裟に続けざまに襲った。

源次郎も怯《ひる》むことなく鋭い剣で剣一郎の剣をはね返した。だが、源次郎の呼吸はさらに荒くなっていた。

剣一郎は痛ましくなった。源次郎は日頃の不養生がたたっているのだ。おそらく、世間を恨み、剣一郎を妬む陰湿な心を抑えるには酒を呑まずにはいられなかったのだろう。そんな剣一郎への敵愾心《てきがいしん》から剣の腕を磨き、そして、その一方で酒に逃げてきたのだ。そんな源次郎が哀れになった。

だが、その一瞬の剣一郎の油断を見抜いたように源次郎が凄まじい形相で激しく踏み込んできた。剣一郎は受け太刀になった。

相手の剣に反撃しながら、剣一郎は後ずさる。このときとばかりに、源次郎は攻撃の手を緩めることなく、どんどん前に出てきた。

後ずさりながら相手の間を外し、剣一郎は反撃に出た。そして、剣と剣がぶつかり合い、鍔迫り合いになった。が、巧みに相手の剣を受け流した。

源次郎はまたも遠間に去った。が、今度は目に見えるほど、源次郎は肩で息をしていた。正眼に構えた剣の切っ先が微かに揺れている。

気がつくと、剣一郎の着物の襟と袂が裂かれていた。源次郎の着物も肩や腕に大きな切れ目が出来ていた。

源次郎は間合いを詰め、またも上段から振りかざしてきた。だが、その剣には最前の鋭さはもはやなかった。

剣一郎が剣をはね返したが、すぐに次の攻撃をしかけてくる力はないようだった。

「源次郎。もう、よせ。刀を引け」

剣一郎は叫んだ。

「これ以上、無駄だ」

はあはあと激しい息づかいの源次郎はやがて刀を持ったまま、その場にしゃがみ込んだ。そして、刀を手から離した。

「斬れ」

源次郎は忌ま忌ましげに叫んだ。

「源次郎。命を無駄にするな」

「俺を殺さないと、またおまえを襲うぞ。俺の腹の中にはおまえへの復讐の虫が巣くっているんだ。さあ、殺れ」

大きな目をぎょろつかせ、源次郎は泣き出しそうな声で叫ぶ。

「今、殺しておかないと、あとで後悔するぞ。さあ、早く、斬れ」

「よし、わかった。望みどおり、おぬしを斬る」

ふと近づいてくる足音に気づいた。

剣一郎が顔を向けると、女が小走りにやって来た。『夢見堂』にいた女だ。

女は転げ込むように剣一郎と源次郎の間にしゃがみ込んだ。

「お願いです。このひとを助けてください。私がきっと、きっと立ち直らせてみせます。どうぞ、お願いです」

女は懸命に土下座をして訴えた。

剣一郎はすぐに冷たく言い放った。

「どきなさい。この者は生かしておいてはまた何をしでかすかわからないのだ。そういう生き方をすることも源次郎の本望ではないだろう。ここで死なせてやることが、源次郎のためだ」

いやっと女は悲鳴を上げ、剣一郎にしがみつくように、

「後生でございます。私にはかけがえのないひとなのです。どうぞ、お助けを」

「よせ。剣一郎の言うとおりだ。俺も、こんな思いで生きて行くのに疲れた。また、生きていても同じことの繰り返しだ」

源次郎は自嘲気味に言い、

「さあ、剣一郎。やってくれ」

「よし」

剣一郎は厳しい顔で頷き、

「さあ、どいていなさい」

と、女に言った。

女はじべたに突っ伏して激しく嗚咽《おえつ》をもらした。

剣一郎は源次郎の背後にまわり、

「源次郎、覚悟はよいな」

と断り、剣を構えた。

「やれ」

えいっと剣一郎の剣が風を切って唸りを発した。

一瞬静寂が訪れた。

おそるおそる顔を上げた女が、あっと声を出した。

剣一郎は静かに刀を鞘に納め、

「源次郎。おぬしの腹の中の虫を今、斬り殺した。すべての悪業のもとは、その虫にあった。もはや、源次郎は生まれ変わったはずだ。この男のことを頼んだぞ」

剣一郎は源次郎から女に顔を移した。

「はい。ありがとうございます。私がきっとこのひとを……」

あとは涙声で聞き取れなかった。

剣一郎はふたりを残して、去って行った。すべて終わった、という満足感に浸るより前にとにかく疲れた。早く帰って眠りたい。そう思いながら、夜の町を急いだ。

八

事件の後処理に追われていたが、ようやく一段落ついた日、剣一郎はお奉行から改めて労《ねぎら》いの言葉を頂戴した。

お奉行の元から引き上げてきたとき、当番方の部屋の前で宇野清左衛門に呼ばれ、年番方の部屋に行った。

宇野清左衛門は剣一郎を近くに呼び、

「さて、木内清十朗の件だが」

と、切り出した。

別の部屋に木内清十朗が控えているという。

廊下に騒々しい足音が聞こえた。

「何事だ?」

清左衛門が顔を向けた。

敷居の向こうにふたりの男が畏《かしこ》まっていた。木内清十朗と同じ当番方与力の吉野滝次郎と工藤兵助だった。

剣一郎は近くにいた年番方付きの同心に耳打ちした。はっと言い、同心はすぐに部屋を出て行った。

「これは吉野どのと工藤どのではないか。ふたり揃って、宇野さまにお話でもあるのでしょうかな」

剣一郎はわざと時間稼ぎのようにおもむろにきいた。

「何か、言いたいことがあれば申し上げなさい」

剣一郎はふたりに声をかけた。

「はっ」

吉野滝次郎と工藤兵助は同時に短く返事をし、まず吉野滝次郎が顔を上げた。

「木内清十朗どののことですが、今回の件はすべてこの私めに責任がございます」

「いえ。私が木内どのに必要以上に辛く当たったことが原因であります。もし、木内どのをご処分なさるなら、どうか、この私もご処分ください」

工藤兵助も悲壮な顔で訴えた。

「吉野どのに工藤どの。いったい、何があったと言うのだ」

宇野清左衛門が戸惑いぎみにきく。

「私の狭量から木内どのに意地悪をしてしまいました」

「いや。宇野さま。私にも経験がありますが、与力になってから二、三年は仕事に対して重圧を相当に受けるものです。そのため、神経がいらだち、その捌け口をどこかに求めたくなる。たまたま、このふたりはそれを木内清十朗に向けてしまったのです」

剣一郎が説明する。

続けようとしたが、廊下に呼びにやった木内清十朗の姿が見えたので、剣一郎は吉野と工藤に向かい、

「そういうことだな」

と確認するように声をかけて、ふたりに発言の機会を与えた。

「そのとおりでございます。私たちの弱さのために木内どのを追い込んでしまいました。すべての責任は私たちにあります」

吉野滝次郎が頭を下げた。

「どうぞ、木内どのにご寛大なご処置を」

工藤兵助も哀願するように言った。

「宇野さま」

剣一郎は宇野清左衛門に向かい、

「確かに、木内清十朗のつかんだ押込み先は間違ったものでした。だが、これは相手の策略にはまったもの。我々とて、惑わされたのですから、これは夜烏の十兵衛のほうが上だったということでございます」

「確かに」

宇野清左衛門の表情にどこかほっとしたものが窺えた。

「ここで、もう一つ、お考えいただきたいのは仮に策略であったとしても、つかんだ情報を我らに知らせたことを夜烏一味に悟られまいと、あえて助けを拒んでいたことです。命までも奪われかねない状況で、あえて清十朗は捨て身の覚悟で臨んだのです」

「青柳どのの申されること、一々もっともである。わかった。さっそく、そのようにお奉行にとりはからおう」

　宇野清左衛門は満足そうに笑みを浮かべ、それから吉野滝次郎と工藤兵助に目をやり、

「ふたりともご苦労であった。今後とも、皆で協力してお役目に励むように」

と言い、どっこらしょと掛け声をかけて立ち上がった。

　宇野清左衛門ははじめから木内清十朗の罪を軽い処罰ですまそうとしていた。夜鳥一味捕縛のために我が身を投げ打ったからである。だが、その一方で、宇野清左衛門が危惧したのは、処罰が解けたあと、木内と工藤、吉野の溝が埋まるかということであった。宇野清左衛門は剣一郎と謀り、ひと芝居うったのである。剣一郎は改めて、宇野清左衛門の懐の深さを感じたのであった。

「青柳さま。ありがとうございました」

　吉野滝次郎と工藤兵助が異口同音に礼を言った。

「いや。そのほうたちもよく木内清十朗のために口添えしてくれた。私からも礼を言う」

「とんでもありません。私は木内に合わせる顔はありませせぬ」

　吉野滝次郎がつらそうに言う。

「いや。そのほうの気持ちは木内清十朗にも伝わるはずだ。そうだな、清十朗」

　はっとしたように、吉野滝次郎と工藤兵助が振り向き、そこに清十朗の姿を見つけ、ふたりは絶句した。

「吉野さま、工藤さま。私のためにありがとうございました」

「いや。こっちこそ……」

そのやりとりを耳にしながら、剣一郎は部屋をあとにした。

帰りがけ、当番方の部屋を覗くと、吉野滝次郎と工藤兵助が木内清十朗に仕事を教えていた。

安心して引き上げようとして、隅にいる剣之助に気づいた。

坂本時次郎とこそこそ話している。今夜の遊びの相談か。ふっと笑いが込み上げてきて、剣一郎は踵を返した。

今夜は、三太とおとし夫婦を招き、夕食をいっしょにとることになっている。なんといっても今度の手柄は三太だ。いや、三太を強引に多恵のもとに寄越したおとしか。いや、金持ちから貧しい者まで、分け隔てなく相談に乗って上げている多恵の人柄のおかげか。

河岸沿いを屋敷に向かいながら、剣一郎はなんとなくおかしくなり、ついにたまりかねて噴き出した。お供の者も剣一郎の笑い声がおかしかったのか、いっしょになって笑い出していた。

夜鳥殺し

一〇〇字書評

切り取り線

| 購買動機（新聞、雑誌名を記入するか、あるいは○をつけてください） | |
|---|---|
| □（　　　　　　　　　　）の広告を見て | |
| □（　　　　　　　　　　）の書評を見て | |
| □ 知人のすすめで | □ タイトルに惹かれて |
| □ カバーが良かったから | □ 内容が面白そうだから |
| □ 好きな作家だから | □ 好きな分野の本だから |

・最近、最も感銘を受けた作品名をお書き下さい

・あなたのお好きな作家名をお書き下さい

・その他、ご要望がありましたらお書き下さい

| 住所 | 〒 | | | | |
|---|---|---|---|---|---|
| 氏名 | | 職業 | | 年齢 | |
| Eメール | ※携帯には配信できません | 新刊情報等のメール配信を 希望する・しない | | | |

この本の感想を、編集部までお寄せいただけたらありがたく存じます。今後の企画の参考にさせていただきます。Eメールでも結構です。

いただいた「一〇〇字書評」は、新聞・雑誌等に紹介させていただくことがあります。その場合はお礼として特製図書カードを差し上げます。

前ページの原稿用紙に書評をお書きの上、切り取り、左記までお送り下さい。宛先の住所は不要です。

なお、ご記入いただいたお名前、ご住所等は、書評紹介の事前了解、謝礼のお届けのためだけに利用し、そのほかの目的のために利用することはありません。

〒一〇一－八七〇一
祥伝社文庫編集長　清水寿明
電話　〇三（三二六五）二〇八〇

祥伝社ホームページの「ブックレビュー」からも、書き込めます。

www.shodensha.co.jp/bookreview

祥伝社文庫

夜烏殺し《よがらすごろ》　風烈廻り《ふうれつまわ》与力《よりき》・青柳剣一郎《あおやぎけんいちろう》

平成19年 4 月20日　初版第 1 刷発行
令和 5 年12月30日　　　第 8 刷発行

著　者　小杉健治《こすぎけんじ》
発行者　辻　浩明
発行所　祥伝社《しょうでんしゃ》
東京都千代田区神田神保町 3-3
〒101-8701
電話　03（3265）2081（販売部）
電話　03（3265）2080（編集部）
電話　03（3265）3622（業務部）
www.shodensha.co.jp

印刷所　堀内印刷
製本所　ナショナル製本



Printed in Japan ©2007, Kenji Kosugi ISBN978-4-396-33347-8 C0193

# 祥伝社文庫の好評既刊

小杉健治
## 刺客殺し
風烈廻り与力・青柳剣一郎④

江戸で首をざっくり斬られた武士の死体が見つかる。それは絶命剣によるもの。同門の浦里左源太《うらさとさげんた》の技か!?

小杉健治
## 七福神殺し
風烈廻り与力・青柳剣一郎⑤

人を殺さず狙うのは悪徳商人、義賊「七福神」が次々と何者かの手に……。真相を追う剣一郎にも刺客が迫る。

小杉健治
## 夜烏《よがらす》殺し
風烈廻り与力・青柳剣一郎⑥

冷酷無比の大盗賊・夜烏の十兵衛が、青柳剣一郎への復讐のため、江戸に戻ってきた。犯行予告の刻限が迫る！

小杉健治
## 女形《おやま》殺し
風烈廻り与力・青柳剣一郎⑦

「おとっつあんは無実なんです」父の斬首刑は執行され、さらに兄にまで濡れ衣が……真相究明に剣一郎が奔走する！

小杉健治
## 目付殺し
風烈廻り与力・青柳剣一郎⑧

腕のたつ目付を屠《ほふ》った凄腕の殺し屋を追う、剣一郎配下の同心とその父の執念！　情と剣とで悪を断つ！

小杉健治
## 闇太夫《やみだゆう》
風烈廻り与力・青柳剣一郎⑨

百年前の明暦《めいれき》大火に匹敵する災厄が起こる？　誰かが途轍《とてつ》もないことを目論んでいる……危うし、八百八町！

# 祥伝社文庫の好評既刊

小杉健治

## 袈裟斬《けさぎ》り　風烈廻り与力・青柳剣一郎⑯

立て籠《こ》もった男を袈裟懸《けさが》けに斬り捨てた謎の旗本。一躍有名になったその男の正体を、剣一郎が暴く！

小杉健治

## 仇返《あだがえ》し　風烈廻り与力・青柳剣一郎⑰

付け火の真相を追う父・剣一郎と、二年ぶりに江戸に帰還する悴・剣之助。それぞれに迫る危機！

小杉健治

## 春嵐《しゅんらん》（上）　風烈廻り与力・青柳剣一郎⑱

不可解な無礼討ち事件をきっかけに連鎖する事件。剣一郎は、与力の矜持《きょうじ》と正義を賭け、黒幕の正体を炙《あぶ》り出す！

小杉健治

## 春嵐（下）　風烈廻り与力・青柳剣一郎⑲

事件は福井藩の陰謀を孕《はら》み、南町奉行所をも揺るがす一大事に！　巨悪に立ち向かう剣一郎の裁きやいかに？

小杉健治

## 夏炎《かえん》　風烈廻り与力・青柳剣一郎⑳

残暑の中、市中で起こった大火。その影には弱き者たちを陥《おとしい》れんとする悪人の思惑が……。剣一郎、執念の探索行！

小杉健治

## 秋雷《しゅうらい》　風烈廻り与力・青柳剣一郎㉑

秋雨の江戸で、屈強な男が針一本で次々と殺される……。見えざる下手人の正体とは？　剣一郎の眼力が冴える！